附身
POSSESSED
晨羽——著

# 目錄

# 第一章 ︿附身﹀

晚上九點，戴芮芮關上餐廳的鐵捲門，準備回家，這時一名身材高䠷、五官分明的陌生男子走過來叫住她。

她很快認出是今晚獨自來店裡用餐的客人，發現對方疑似專程在這裡等她，不禁問：「有什麼事嗎？」

「請問，妳的名字是不是戴容殷？」男人話音低沉。

她驀地呆住，吶吶回：「……這是我以前的名字，你怎麼知道的？我們以前認識嗎？」

「不認識，我是第一次見到妳本人。」

不知為何，她覺得他的說法有點奇怪，「那……」

「說來話長，我需要時間和妳慢慢解釋，方便談一下嗎？」

戴芮芮沒有馬上回應他，眼神流露出警戒。

男人見狀，接著說：「戴容儀是妳的妹妹吧？我就是要和妳談她，這件事非常重要，關係到我往後的人生，請妳務必答應。」

戴芮芮雙眼微微瞠大，一陣天人交戰，最後點頭答應了他。

兩人坐在附近的咖啡廳，戴芮芮打量著男人，鎮定開口：「你是誰？」

「我叫趙旻。」他從皮夾裡抽出自己的身分證給她，戴芮芮仔細瞧，發現他今年二十八歲，大她一歲。

她對他的名字毫無印象，更確定以前不曾見過他，身分證上的資訊沒有讓她覺得可疑的地方，於是她很快就還了回去。

「你認識我妹妹嗎？你和她是什麼關係？」她進入正題，「還有，你怎麼找到我上班的地方？是誰告訴你我在這裡嗎？」

「一個一個來吧。」感覺到她的心急，趙旻拿起桌上的黑咖啡喝了一口，平鋪直述地說：「首先，我不認識妳妹妹，跟她也沒有任何關係，但我是因為她才會知道妳，我透過一些辦法，打聽到妳上班的地方，前來找妳。」

戴芮芮聽得擰起眉頭，「我不懂你的意思。」

「我知道，所以請妳繼續聽下去。」趙旻神態從容，語調平靜，卻給人一種無形的壓迫感，「除了戴容儀，我還知道妳認識的另一人——言嵐方。他是妳高中時的男朋友，言嵐方高二時，被誣陷偷走同學的錢，妳找到真正的犯人，幫他洗刷冤屈，你們後來萌生情愫，進而在一起，對不對？」

戴芮芮悚然一驚，滿臉不可置信，「……當年是我找到真正偷錢的犯人，這件事只有我跟言嵐方知道，你怎麼會知情？難道你以前認識言嵐方？他告訴了你？」她很自然就往這個方向推測。

趙旻一口否認，「我不認識他，但妳跟他的這段往事，的確是他本人透露給我的。除此之外，妳妹妹的事，也是妳妹妹本人讓我知道的。戴容儀小妳一歲，妳們感情很好，小時候妳跟表姊帶她到溪邊玩，戴容儀跌入湍急的溪流，差點送命，事後她跟大人們說是自己不小心落水，但實際上，是妳和表姊在溪邊起口角，雙方爆發衝突時，波及到了跑來勸架的戴容儀。」

戴芮芮的手臂冒出一大片雞皮疙瘩，頓覺毛骨悚然。

「你究竟是誰？你是怎麼知道這些事情的？」儘管竭力保持冷靜，她的聲音還是透出一絲懼怕。

「我說了，這都是妳妹妹讓我知道的。兩個月前開始，戴容儀跟言嵐方陸續讓我知道許多與妳之間的往事。」

戴芮芮一聽，忍不住提高音量，「什麼兩個月前？我妹跟言嵐方已經……」

「我知道，他們十年前就已經死了。」

喉嚨彷彿被人硬生生掐住，戴芮芮愕然聽著趙旻說出更驚人的言論：「兩個月前，我的身上發生一件怪事，我的體內突然出現兩個陌生人的靈魂，他們每天都會占據我身體好幾個小時，慶幸的是，我有他們兩人的記憶，還從中掌握到他們的身分，他們一個叫戴容儀，一個叫言嵐方。透過他們的名字，我查出十年前的某一所高中，有發生學生跳樓殉情的事故，我查不出那對學生的全名，只查到他們姓戴跟言。據說，當時全校姓言的學生只有一人，加上我看到的種種記憶，我確定這不是巧合，附在我身上的人，就是妳死去的妹妹和前男友。」

等消化完這一大段話，戴芮芮兩眼發直，不知該做出什麼反應。

「你每天都會被我妹妹跟言嵐方的靈魂附身？」

「對。但他們不會在同一天現身，也不會固定輪流出現。今天是言嵐方附在我身上的第三天，他有過連續出現一星期的紀錄，所以我不確定明天還會不會是他。」

戴芮芮胸口發冷，強烈懷疑這個男人精神不正常。

「……你怎麼能肯定死去的是我妹妹？你會知道他們和我的關係，也是透過你所看見的記憶嗎？你現在又是怎麼找到我的？」她壓根不敢相信他的話，但她迫切想知道這些答案。

「妳猜得沒錯。如我剛剛說的，當我被戴容儀跟言嵐方附身，也會得到他們的生前記憶，而妳就是那兩人唯一的共同記憶，也是最常出現在他們記憶裡的人，所以我才知道妳的名字，以及你們之間的關係。既然我是被戴容儀這個女孩附身，自然就猜得到，當年死去的女孩就是她。」

他沒有停頓，一口氣將話說完：「我不知道妳改名了，所以無法用『戴容殷』這個名字找到妳，只好請人透過我的描述，畫出妳的長相，再進行調查，總算是成功找到了人。當我在餐廳看見妳，一眼就認出來了。」

戴芮芮半信半疑，「真的？」

「嗯，我不是說了？我能在他們的記憶中看見妳。」

這時趙旻看她的眼神變得專注，像在觀察著什麼，「但妳本人和我想的有一點不同，這也難怪，我看到的是十年前的妳，就算妳的樣貌有些許改變，也不是太奇怪的事。我從言嵐方的記憶中，知道妳跟戴容儀除了身高跟髮型，其他地方都很相似。妳有妳妹妹的照片嗎？我想親眼看看她的樣子。」

趙旻的灼灼視線，讓戴芮芮莫名一陣心慌，不自覺別過眼睛。

「我還不知道要不要相信你，怎麼可能讓你看？誰知道你現在是不是在裝神弄鬼？」

「我沒有閒情逸致對妳裝神弄鬼。」

趙旻始終淡漠的聲音有了起伏，他壓抑情緒，眼底出現冷冰冰的怒意，「是妳妹妹和前男友，讓我失去原有的人生，妳能想像自己的時間，莫名其妙被兩個陌生人瓜分掉的滋味嗎？因為他們，我丟了工作，女友也跑了，更被家人朋友當作精神失常的瘋子，過著完全不像人的生活。但最讓我無法接受的，是我可能永遠無法擺脫這兩人，甚至再過不久就會死在他們手裡。當我發現，妳似乎是他們生前最親近的人，我就相信能在妳身上找到解決的辦法，所以下定決心一定要找到妳。」

「為什麼你再過不久會死在他們手裡？」她睜圓雙目。

趙旻面色陰沉，「回答妳以前，我想先問妳一件事，妳妹跟言嵐方當年真的是殉情嗎？」

戴芮芮語塞，完全不想回答他這個問題，然而內心的直覺讓她知道，若不回應，她就無法解開這個男人的謎團。

於是她攥緊拳頭，艱難地開口：「我不知道。直到現在，我仍不曉得我妹跟言嵐方到底發生過什麼事。他們出事前並沒有接觸過對方，卻在某天深夜同時跑去學校，最後被發現倒臥在同一個地方。」

「妳是說，他們出事前從沒見過面？」趙旻尾音略為上揚，顯然對她的說詞感到質疑。

「對，我妹出事前，我都沒告訴她嵐方的事，但這是有原因的。容儀跟我小時候過得並不快樂，我們的親生父親是個會對妻兒暴力相向的男人，他讓容儀有了嚴重的心理創傷，也變得對我相當依賴跟執著。除了我繼父，她對所有的中年男人，以及跟我們年紀差不多的男生，都會本能地排斥跟畏懼，所以我很清楚，若她知道嵐方跟我的關係，一定很難接受。在想出兩全其美的辦法前，我認為最好先瞞著容儀，嵐方也很贊同我的作法。」她一口氣說道。

「妳說和妳們年紀差不多的男生，是跟妳有關係的男生嗎？不然妳妹為何連這樣的對象都要抗拒？是單純害怕有人搶走妳，才把與妳同齡的男生都當作假想敵？還是她其實也曾經被年輕男生深深傷害過？」

戴芮芮被他的話噎住了，腦中漸漸浮上一段往事，不禁脫口說出：「我也不是很確定，不過，從前有一個堂哥跟我們很親近，容儀上六年級後，卻忽然不再理他，看到他就躲。不僅堂哥一頭霧水，我也無法從容儀口中問出原因。差不多就是那個時候，容儀對所有異性都避如蛇蠍，連看到我跟男生說話，她都會不開心。」

「原來如此，所以直到妳妹出事前，妳真的完全沒打算把言嵐方的事告訴她？」

她輕咬下唇，「不，我跟嵐方交往兩個月後，我就決定要告訴容儀。他們都是我重要的人，無論如何，我都不想繼續瞞著她。我打算花點時間，先讓容儀知道嵐方的好，等她戒心降下，再找機會安排他們認識，結果沒想到，在我這麼做之前，事故就發生了。這就是我知道的一切，我說的都是實話。所以如果你真正好奇的是，我妹跟嵐方之間是否有不可告人的秘密，我也無法給你答案，因為我比你更想知道。」

趙旻意味深長地說：「那這對妳不也是一個好機會？」

「什麼？」

「我是指查出他們死去的真相。」他又拿起咖啡杯，「到目前為止，我還沒有從妳妹妹及言嵐方的記憶中發現他們有過接觸，也沒看見妳有把言嵐方的事情告訴戴容儀，所以我相信妳說的是真的。」

她表情茫然，「這是什麼意思？」

喝下苦澀的咖啡，他吁一口氣，耐心地說明：「我第一次被附身，是在今年的九月六日，那是言嵐方首次出現的日子。那天他離開我的身體後，我不知為何也得到了他的一些記憶，後來我發現，那不是他占用我身體那幾個小時的記憶，而是他在十年前的九月六日那一日的記憶。十年前的九月六日，言嵐方有去哪裡、發生什麼事，我大致都曉得，所以我也才會知道，妳是在那一天幫他解開誤會，讓大家知道偷走同學錢包的另有其人。當我被戴容儀附身，也是一樣的情形。不過，我偶爾也看得見他們更早以前的記憶，比如戴容儀小時在溪邊落水，或是言嵐方國中時跟他哥哥去遊樂園玩。」

戴芮芮愣了一下，以為自己聽錯，「你說嵐方跟他哥哥去遊樂園玩？」

「對，我從他的記憶中，看過某個穿國中制服的男生幾次，他的制服襯衫繡的名字是言蔚庭，我便猜到他們兩人是兄弟。」

發現戴芮芮的神情不對，趙旻問：「怎麼了？」

「嵐方以前告訴我，他跟他哥哥的關係從小就很惡劣，怎麼可能會一起去玩呢？」她滿臉懷疑。

「是嗎？但我看他們關係很親近，不像是演的。而且我手邊也有證據，能證明他們從前感情甚篤。」他微微挑起一邊眉毛，「言嵐方從前跟妳說過多少言蔚庭的事？他有解釋他們的關係為何會惡劣嗎？」

戴芮芮認真回想，「他只告訴我，他的哥哥大他一歲，不知為何從小就討厭他，兩人關係始終很生疏，所以嵐方其實不太願意跟我談他的事，連名字都沒對我透露過。」

趙旻沉默，接著用聽不出是無奈，還是同情的語氣說：「看樣子，言嵐方確實會對妳有所隱瞞。」

這句意有所指的話刺傷了她，當場朝他投以悲憤的眼光。

「妳是不是在想，我憑什麼這麼說？覺得我現在又在裝神弄鬼，亂編故事？」

不等戴芮芮回應，趙旻拿出手機，給她看一張照片。

那張照片裡站著兩名穿著運動服、手持羽球拍的男孩。

他們親暱搭著彼此的肩膀，站在學校的體育館裡，開心地面對鏡頭，看起來感情極好。

戴芮芮的心臟急遽跳動，她望著那名長相白淨、眉目柔和的男孩，而後震驚抬眼看向趙旻。

「我在調查言嵐方時，找到他跟言蔚庭的這張照片。聽說言嵐方發生意外後，他的父母就搬去別的城市，言蔚庭也搬到國外生活了。言嵐方跟言蔚庭讀同一所國中，兩人一起參加過學校的羽球比賽，這張照片就是當時拍下來的。妳若不信，我給妳他們當年體育老師的電話，妳親自去確認，看看我到底有沒有在說謊。」

後腦像被重重一擊，戴芮芮忽而頭暈目眩，不知道應該相信什麼。

趙旻緩緩把手機收了回去，「回到重點吧。我已經知道戴容儀跟言嵐方，是在十年前的十二月三十一日晚間十一點左右，從學校的教學大樓墜樓，除此之外，我就找不到其他線索。這兩個月來，他們出現在我身上的時間，起初是早上六點到中午十二點這六個小時，後來逐日增長，已經變成十二個小時。今天是十一月二日，我不曉得到了下個月三十一日，我還能不能回到自己的身體裡，更不曉得那天出現的戴容儀或言嵐方，會不會重返當年墜樓的地方。如果真是如此，我很可能會因為他們而喪命。」

戴芮芮再也壓不住情緒，激動道：「你這是什麼話？難道你想說，我妹妹跟言嵐方的靈魂會附在你身上，是想要抓交替嗎？」

「坦白說，我確實這麼認為。」趙旻面無表情。

「你知道你現在說的話有多過分嗎？你憑什麼在我面前，這樣污衊死去的人？」

「我知道妳不好受，但我還是必須讓妳清楚知道，發生在我身上的事有多嚴重，請妳也稍微體會我的心情，我與你們非親非故，卻莫名其妙被牽連進去。除了想傷害我，我想不出那兩人纏上我的理由。他們一日不消失，我就一日無法擺脫這種威脅，現在的我，連明天能不能活著都無法確定，而我也已經忍無可忍了。妳看著這樣的我，又憑什麼保證，事情絕不會變成我說的那樣？」

趙旻的話聲嚴厲而尖銳，戴芮芮驀地眼眶泛紅，雙唇顫抖。

他稍稍放軟態度，「我知道妳會需要時間接受，所以我先讓妳知道目前的情況，等到明天再讓妳親眼見證。請妳相信，我不是來找妳麻煩，而是真心懇求妳幫幫我。」

聽到他這麼說，戴芮芮當下也無法再繼續堅持，最後同意跟趙旻交換聯絡方式。

趙旻當場就傳了一個地址給她，並給她一串鑰匙。

「這是我家的住址及備份鑰匙，請妳明晚六點前過來一趟。我會給『那兩人』留話，要他們明天別跑出去。妳不用按門鈴，用我給的鑰匙開門進去就可以了。」

「……但我不知道要怎麼做。」

戴芮芮六神無主，思緒混亂不已。

「很簡單，妳先幫我確認他們附在我身上的原因及目的，後面的事再想辦法；我也會幫妳查明他們的死亡真相，只要我能持續看見他們的記憶，當年的真相遲早會水落石出，對吧？言嵐方這個人還算能溝通，但我對戴容儀完全無計可施，相信妳可以突破她的心防。能夠讓妳妹跟言嵐方離開的關鍵，一定在妳的身上，只要妳協助我到最後，我會感激妳一輩子。」

戴芮芮啞口無言。

她感覺耳邊嗡嗡作響，吵得無法聽到趙旻後面的話語。

兩人沒有繼續聊太久，不到五分鐘就結束這段談話，準備各自回家。

「你無法知道明天你會被誰附身，對嗎？」在咖啡廳門口，戴芮芮開口向他確認。

「對，但妳明天來我家，若發現客廳沒人在，那十之八九就是妳妹了，現在一有人來，她就會躲進房間，誰叫都不會理，到時妳就用鑰匙開門進去見她。」

他再提醒：「還有，如果他們附身的時間沒再延長，大概下午五點左右，他們就會開始想睡覺，他們睡著後，『我』最快六點就會醒，到時我會再聯絡妳。」

趙旻說完就走，戴芮芮繼續杵在原地，木然反芻他最後那段弔詭的話。

神思恍惚回到家中，戴芮芮在沙發上發呆，最後拿起手機，進入某個對話框。

除了趙旻的住家地址，今天趙旻也將言嵐方國中體育老師的電話給了她。

她動手撥出那個電話，對方沒多久就接起。

向對方說明來意後，這名已結束教職的退休男老師，肯定地告訴她，言蔚庭跟言嵐方是親兄弟，他始終記得這兩個人。

「他們從前感情很好嗎？」她清楚聽見自己聲音的不穩。

「非常好，從前言蔚庭對言嵐方的愛護眾所皆知，是我見過最疼愛弟弟的好哥哥。」

這名男老師很熱心，後來還找出言蔚庭那一屆的畢業紀念冊，將他的大頭照連同姓名拍下來傳給她看。她不得不信，這名笑容可親的少年，真的就是言蔚庭。

趙旻沒有說謊。

戴芮芮當晚徹底失眠，隔日中午，餐廳外場的員工小毅，向她回報又有餐點出錯，戴芮芮才驚覺自己再次出包，親自向客人道歉，盡快再做出一份正確的餐點給客人。

尖峰時間一過，戴芮芮也筋疲力盡，餐廳店長兼主廚的吳明真這時走過來關心她，「芮芮，妳今天怎麼了？不但頻頻出錯餐點，還打破兩個盤子，第一次看妳這麼失常。」

「抱歉，明真姊，昨晚我失眠了，所以有點精神不濟。」找不到藉口辯解，戴芮芮只得招供。

「怪不得，妳氣色很差，黑眼圈也跑出來了。為什麼失眠？有什麼煩惱嗎？」

「我……」

看出她有難言之隱，吳明真體貼地說：「若妳不舒服，今天就先下班吧。」她嚇了一跳，「不用啦，我去喝杯咖啡就好。」

「沒關係，妳回家休息，小毅跟晴雯會幫我。看妳這樣，我不忍心讓妳撐到晚上，聽我的話。」她用不容拒絕的口吻下令，展現出身為店長的魄力。

正要把餐點送去給客人的小毅，聽到兩人的對話，也幽默幫腔：「光是幫忙吃掉芮芮姊不小心做錯的甜點，我就可以省掉今天的下午茶了，再吃下去我會胖死的。為了不讓我的身材走樣，芮芮姊，妳趕緊回去補眠吧。」

小毅是二十歲的大學生，在她跟吳明真合開的這間餐廳工作已半年，陽光的外型加上活潑爽朗的個性，讓他很受女性顧客的喜愛。

「是啊，副店長，妳每天都是最早來，又最晚離開，我一直擔心妳會累垮。店裡的事就交給我們吧，妳不用擔心。」

將髒碗盤收進廚房的晴雯也加入勸說，她是這裡的正式員工，已經大學畢業，做事嚴謹細心，深得吳明真跟戴芮芮的信賴，平時她會跟小毅一樣稱呼戴芮芮為「芮芮姊」，但說正經事時，就會改口叫她副店長。

見他們說到這份上，戴芮芮不好再辜負他們的好意，於是答應下來，並向他們道謝，收拾好東西就離開餐廳。

走在街上沒幾步，她拿出手機看時間，現在是三點整。

她不願相信那些天方夜譚的話，卻又做不到無動於衷，若不親眼確認這件事，她恐怕會繼續這樣失常下去。

於是她打消回家的念頭，走到馬路邊叫計程車，不到半小時，她就來到一棟老舊的住宅大樓前。

確認門牌上的地址無誤，她用趙旻給的鑰匙打開一樓大門，爬上五樓階梯，來到一扇灰色鐵門前，門口的鞋櫃上擺放著一份廣告信件，收件人正是趙旻。

戴芮芮心中緊張，深呼吸數次，再用鑰匙開門。

發現眼前的客廳沒有半個人影，她不由得想起趙旻的話，這表示今日附在他身上的人，有可能是戴容儀。

約莫十五坪大的一廳一房，趙旻家的家具不多，環境算是挺整潔的。

客廳桌上有一台黑色筆電、一個只剩半份的蔥花麵包、一瓶插著吸管的果汁，還有一個裝得圓鼓鼓的超商袋子，她往袋子裡頭看一眼，發現全是未開封的點心跟飲料。

當她接著望向不遠處掛著門簾的白色門扉，猜到那裡就是趙旻的臥房，忽然感覺大腦裡有聲音在阻止她過去。

她硬是壓下想要臨陣脫逃的衝動，一步一步走到門前，抬手用指關節輕敲門板兩下，小心翼翼出聲：「請問有人在裡面嗎？」

裡頭沒有回應，戴芮芮咬唇，用最後一把鑰匙開了門，一看清門後景象，她就赫見有人蜷縮在床上，那個人用棉被把自己包得嚴密，連臉都看不見。

戴芮芮隔著一段距離仔細觀察對方，緊張出聲：「趙先生？」

對方沒有回應她，拚命往牆邊躲，一副驚懼的反應。

此時戴芮芮腦中冒出某個念頭，改口喚：「容儀？」

對方驀地不再閃躲，整個人宛如石化動也不動，明顯對她的呼喚有了反應。

戴芮芮心跳加快，「妳是容儀嗎？我是容殷，戴容殷。」

半分鐘後，她看見那張棉被裡出現半張面孔，對方目不轉睛盯著她，慢慢拉下棉被。

對方的臉一清楚映入眼簾，她心想果然是趙旻，然而下一秒，她就被他那雙含淚的晶亮黑眸深深震懾住，那副可憐兮兮的膽怯模樣，和昨天神態冷漠的趙旻根本判若兩人。

當趙旻突然掀開棉被，跳下床朝她奔去，戴芮芮驚慌倒退一步，對方見狀也停下來，不敢輕舉妄動。

戴芮芮白著臉，聲音發顫：「妳真的……是容儀嗎？」

趙旻用力點頭。

「妳有辦法證明妳是嗎？」

他思考了一下，不久跑去書桌前，打開最上層的抽屜，拿出一本黑色的筆記簿，快速翻到空白頁，低頭用原子筆認真謄寫起來，不到一分鐘，他就將寫好的那頁給她看。

「我以前不小心把媽媽送給爸爸的鋼筆弄丟，妳知道我怕被爸爸罵，就幫我買了一支一模一樣的筆還給爸爸。我一直很感謝姊姊。」

讀完這段文字，戴芮芮頭皮發麻，一度忘記呼吸。

因為她記得這件往事。

戴容儀國二時，偶然發現了父親房間裡的名貴鋼筆，一時好玩拿去寫東西，卻不慎弄丟，發現怎麼找也找不到，急到哭著跑去向姊姊求救。

不忍妹妹陷入自責，戴芮芮自掏腰包買下一支一樣的鋼筆，趁父親不在時偷偷放回原位，姊妹倆說好把這件事當作彼此的秘密。

戴芮芮這下不得不相信，戴容儀的靈魂，真的存在於趙旻的身體裡；而讓她確定這點的另一個關鍵，在趙旻現在寫出來的文字，那娟秀端正的筆跡，跟她印象中戴容儀寫出來的非常相似。

「雖然我變成這樣，但我真的是容儀，求妳相信我。」

趙旻再寫下這段話時，眼中流下兩行淚水。

「我知道了，妳別哭，我相信妳。」戴芮芮心緒激動，也當場熱淚盈眶，「為什麼妳現在會出現在陌生人的身體裡？妳跟趙旻有什麼關係嗎？」

他搖頭，在筆記簿上快速寫下：「我根本不認識趙旻，也不曉得為什麼會變成他。我曾用他的樣子去找妳跟爸爸，結果發現我們家不見了，我怎麼找都找不到你們。之前趙旻身邊的人一直對我問東問西，想抓我去看醫生，我真的好害怕，現在只能待在這間屋子裡，不敢出去。」

戴芮芮讀完，心頭揪緊，「妳別怕，是趙旻告訴我妳在這裡，他知道妳的身分後，輾轉聯繫到我。這段時間妳都沒有試著跟他溝通，請他協助妳嗎？」

「他有利用這個筆記問我話，可是我也非常怕他，不敢回應他。」

戴容儀的肚子這時發出一記咕嚕聲，戴芮芮聽見後，很快意識到一件事。

「妳有吃飯嗎？」

「我剛剛到客廳吃麵包，聽到有人開門，就躲進房間了。」戴容儀寫著。

「客廳的那些食物，是趙旻幫妳準備的嗎？」

戴容儀點頭，吸吸鼻涕，用手指輕蹭泛紅的鼻尖。

這舉動讓戴芮芮的心臟再次漏跳一拍，吸鼻子後再用手指觸碰鼻尖，是戴容儀從小就有的習慣。

「那妳先去把東西吃完，不要餓肚子，我陪妳。」她啞聲說。

戴容儀點頭，把筆記簿放回抽屜裡，跟她步出房間。

在客廳裡，戴芮芮心情複雜看著妹妹一口一口吃完蔥花麵包，再吃掉一塊海綿蛋糕，並喝完果汁。

直到現在，她都沒聽見戴容儀主動開口，忍不住問：「妳可以跟我說話嗎？」

戴容儀猶豫了下，搖搖頭。

「為什麼？」

她為難地看姊姊一眼，起身跑回房間，把剛才的筆記簿跟筆帶出來，在她身邊寫出答案：「我不敢去聽自己現在的聲音，更不敢去照鏡子，看到自己變成一個陌生男人，我就怕得快發瘋了。」

思及戴容儀心中的陰影，戴芮芮自然理解她的苦衷，於是不再勉強，「好，那我們就這樣溝通。對了，妳說趙旻平時是用這個筆記簿留話給妳的吧？可不可以讓我看看？」

戴容儀毫不介意就把筆記簿給了她，她翻開第一頁，就看到與戴容儀截然不同的字跡，知道那是趙旻寫下的。

趙旻的筆跡俐落外放，給人瀟灑的感覺，他在第一頁就叮嚀戴容儀，看完他給她的留言，一定要把筆記簿放回書桌抽屜裡，卻沒有解釋原因。

繼續翻下去，戴芮芮心裡很快有了納悶，因為她只看見趙旻給戴容儀的叮嚀，卻不見他對她提出任何疑問。

倘若趙旻懷疑戴容儀企圖傷害他，怎麼沒想過試著探問？還是說，在給出這本筆記簿前，趙旻就已經知道戴容儀不會理他，所以決定不再問她？

那麼言嵐方呢？

趙旻跟他又是如何溝通的？也是準備專屬的筆記簿給他嗎？如果是，那本筆記簿在哪裡？也在趙旻的房間嗎？

翻到最新一頁，看到趙旻要戴容儀今天別出家門，她決定試著問妹妹：「妳有在趙旻的家裡，看到趙旻留給別人的筆記簿嗎？」

戴容儀搖首，將筆記簿取回，提筆寫下：「別人是誰？」

戴芮芮這下明白一件事，趙旻似乎沒有讓戴容儀知道言嵐方也附在他的身上。

他是存心想隱瞞的嗎？如果是，又為何沒有事先提醒她？

在不確定是不是能讓妹妹知道的情況下，她保持鎮定，迎向對方的眼睛，「容儀，妳幾歲？」

戴容儀兩手分別比出一跟六，表示十六歲，正是她出事的那一年。

「那妳知道現在是西元幾年嗎？」

戴容儀點頭，看著她的眼神多了複雜的情緒，彷彿也從姊姊身上的變化，確定時間已然過了十年。

「我真的死了嗎？」看到戴容儀這樣寫下，戴芮芮的鼻頭驀地一酸，沒有正面回應，「趙旻沒有跟妳透露過？」

戴容儀一字字寫出：「是我覺得，靈魂跑去別人身上這種事，應該只有鬼魂做得到，我也有懷疑過是不是靈魂交換，但又覺得不像，所以才懷疑我可能不在人世了。」

似是從姊姊眼中的一抹悲傷確定了答案，她神色黯然，再寫：「我是什麼時候死的？又是怎麼死的？」

「妳……不知道嗎？」她話聲艱澀。

戴容儀頻頻搖頭，像是迫切想知道答案，眼裡浮現強烈的好奇。

「妳是在十年前的跨年夜過世的。」戴芮芮一邊觀察她的反應，一邊吞嚥口水，說出臨時想到的謊，「那天晚上，妳忽然跑出門，半路上發生車禍。關於那晚的事，妳有印象嗎？記不記得那天跟誰見了面？」

戴容儀彷彿完全沒發現她話裡的錯誤，呆了幾秒，飛快寫出：「我的印象只在十年前的秋天，根本不曉得自己有在跨年夜出去跟誰見面，對我來說，那等於是未來的事。」

戴芮芮聽見自己的心跳聲，鼓起勇氣問出口：「那妳認識言嵐方嗎？」

起先戴容儀對這個名字反應陌生，得知寫法後，像是想到什麼，點頭如搗蒜。

戴芮芮不可置信，「真的？妳知道他？」

「趙旻好像寫過這個名字給我看，問我認不認識他，我沒有回。我不認識這個人，他是誰？」

儘管內心是戴容儀，外表還是趙旻，戴芮芮很難再從他的眼裡讀出更細微的情緒，但她願意相信戴容儀沒說謊。

十年前的秋天，妹妹是真的還不認識言嵐方，現在也不知道對方的靈魂在趙旻的身上。

「所以容儀妳真的不知道，妳的靈魂為什麼會跑去趙旻的身體裡，妳也從來沒想過要傷害趙旻，對不對？」

戴容儀想也不想就頷首，戴芮芮鬆了口氣。

這時，她口袋的手機響起，瞧一眼來電者的名字，她就要動手接聽，卻注意到妹妹的表情有點怪異，像是在緊張，於是柔聲說對方不是壞人，她開啟擴音，讓妹妹也聽見對方的聲音。

「芮芮姊，抱歉打擾妳休息。店長有點擔心妳的狀況，想給妳準備一份營養的晚餐，剛好我晚點會去妳家附近幫店長拿貨，想順道給妳送去，妳方便嗎？」

彼端的小毅精神抖擻地發問。

「沒關係，我家裡還有吃的，不用麻煩你們。請幫我轉告店長，叫她不用擔心，也替我謝謝她。」

結束通話後，迎上妹妹好奇的視線，她莞爾解釋：「我和我的大學學姊合開一間餐廳，這個男生是我餐廳的工讀生，叫小毅，他很開朗活潑，是個好青年。」

接著，她興沖沖從相簿裡調出一系列照片給她看，「妳以前不是跟我說過，長大後想開一間種很多植物的漂亮餐廳嗎？我幫妳實現了這個願望。瞧，這就是那間餐廳，雖然空間不大，但我很喜歡，我把餐廳店名取為『Nina 的家』，是用妳的英文名字命名的，代表這是妳的店，也是妳的家。」

見戴容儀盯著那組照片沉默不語，戴芮芮才發覺自己這麼做，有可能刺傷了她的心，匆匆道歉：「容儀，對不起，我只是想跟妳分享這份喜悅，我……」

「謝謝姊姊，我好高興，我沒想到妳會為我開一間餐廳，我好想親眼去看看我的店。」

戴容儀用極快的速度寫出這句話，雙眼閃閃發亮，臉上笑意綻放。給人冷峻印象的趙旻，露出燦爛笑容時，原來是這個樣子的，戴芮芮一時呆住，有點看傻了眼。

「那個男生為什麼用別的名字叫妳？」

戴芮芮回神，馬上說：「喔，其實我已經不叫戴容殷，而是叫戴芮芮。」她伸手向妹妹要了筆，在筆記簿上的空白處寫下現在的名字，「容儀妳不在後，我就改成這個名字了。」

戴容儀用手指在紙上畫下一個大大的問號，意思是為什麼。

「是爸爸的意思，妳離開後，我們痛不欲生，最後爸決定把房子賣掉，帶我去鄉下生活一陣子。為了讓我重新振作，他建議我改名，當作是改運祈福，我覺得這樣也好，就同意了。」

戴容儀靜靜看她，眼底情緒難辨，一筆一劃寫下：「爸爸他好嗎？」

「他很好，爸現在不在台灣，今年他在泰國開了間新工廠，上個月就到那裡工作，要一段時間才會返台。」

戴芮芮又找出幾個月前跟父親的合照給妹妹看，戴容儀凝視照片裡相貌端正、笑容和藹的中年男子，不久紅了眼眶。

「爸爸變老了，也瘦了好多，我好想念他。」寫完最後一個字，戴容儀的淚珠滴落在筆記簿上。

戴芮芮跟著鼻酸，「爸他也很想念妳，如果知道妳的靈魂在這裡，他一定迫不及待跑回來見妳。」

戴容儀一陣驚慌，再度振筆疾書，「別告訴爸爸，我不要讓他看見我現在的樣子。」

「好，我不會說的。」她安撫。

又過了一段時間，戴芮芮注意到戴容儀不時揉揉眼皮，一副睏倦的模樣。

「怎麼了？妳想睡覺嗎？」

她無精打采地頷首。

戴芮芮這才憶起，趙旻說過大概五點，戴容儀跟言嵐方就會準備進入沉睡，而現在已經五點十分。

看出戴容儀努力想保持清醒，她於心不忍，溫聲勸：「想睡就去睡吧。」

戴容儀猛搖頭，抓緊她的手，像是怕這一睡下去，就再也見不到姊姊了。她牢牢回握住對方，「別擔心，我很快會再來找妳。所以妳答應我，別做出會讓趙旻受傷的事，只有他平安，我們才能這樣繼續見面，妳懂吧？」

戴容儀抿唇，點點頭。

「來，我帶妳回房睡，在妳睡著之前，我不會走。」

有姊姊這句承諾，戴容儀不再拒絕，乖乖跟她進房間。

幫她蓋好棉被，戴芮芮就發現妹妹已然沉睡，看來是真的睏極了。

站在床邊好幾分鐘，戴芮芮才依依不捨地離開房間。注意到客廳桌上的黑色筆電時，她想著那台筆電裡或許有什麼線索，於是上前打開偷看，卻發現螢幕被上鎖，於是訕訕放棄。

搭計程車回家，一踏入家門，她連燈都來不及開，整個人就重重癱軟在地，緊繃已久的身心，這一刻徹底釋放。

回想方才的經歷，戴芮芮仍覺得不真實，懷疑自己在作夢。

不知時間過去多久，一道鈴聲拉回她的思緒，她摸黑從包包裡拿出手機，瞥見螢幕上出現的名字，好不容易稍微平靜的心跳又急遽加快。

「妳見到戴容儀了吧？」

趙旻低沉平板的話聲清晰地傳了過來。

她喉嚨發乾，腦袋一時轉不過來，「你怎麼知道今天是容儀？」

「我今天醒來，腦中就出現她十年前的記憶，這表示今天出現的是她。」

她這才想起趙旻有說過這件事，看一眼旁邊牆上的時鐘，已經七點，她完全不知道自己在玄關坐了這麼久。

「妳沒事吧？」

「我……沒事。」她不自覺說了謊。

「那要不要現在見個面？要是不方便，電話裡談也行。」

「沒關係，見面吧。」

亟欲解開疑問的心情，讓她疲憊不堪的身軀，立刻又湧出些許力氣。放下手機後，她拎起地上的包包直接出門。

在昨天的咖啡廳會合，趙旻見她臉上不見半點血色，再次確認，「妳真的沒事？」

「嗯。」

趙旻一出現，戴芮芮便一度恍惚，眼睛無法從他臉上移開。

「我猜得到妳在想什麼，我跟妳幾個小時前見到的趙旻，根本是不同人對吧？妳這種反應，我看習慣了。」趙旻撇撇嘴角，毫不意外。

當服務生把兩人的飲料端上桌，戴芮芮才後知後覺發現他點了跟昨天一樣的黑咖啡。

「戴容儀見到妳，很高興吧？」

她一凜，半信半疑問：「……你真的沒有前面幾小時的記憶？」

「沒錯，就算我想知道，也沒有辦法，所以後來我想出一個辦法，這也是我現在要跟妳道歉的事。」

「什麼？」

「為了知道戴容儀跟言嵐方平時在家裡的動向，我之前就在客廳跟房間裡安裝隱藏式攝影機，所以妳跟妳妹的互動，我醒來後都看見了。當然，妳妹跟言嵐方完全不知道我有安裝攝影機。」

戴芮芮表情驟然一變。

趙旻主動解釋：「之所以不跟妳說，是因為我不確定妳到底相不相信我的話。要是妳也把我當瘋子，不把我的請求當一回事，我就真的完了，所以我必須先確認妳的想法。當我看到妳今天來家裡見他們，我放心了，我知道妳親眼見到他們，就會跟我合作，所以我現在決定對妳坦白，同時跟妳保證，以後我不會再瞞妳任何事。」

戴芮芮無言以對。

雖然不是不能理解趙旻的理由，但她的心裡還是不太舒服，尤其想到趙旻可能已經透過攝影機，看到她試圖偷看他的筆電，她就覺得難堪。

儘管不確定到底還能不能相信他，但她似乎也沒有別的選擇了。

「真有必要做到安裝攝影機這個地步？」她啞聲問。

「有必要，我必須確保戴容儀跟言嵐方沒有察覺到彼此的存在。」

戴芮芮一聽，立刻想起自己急著跟他見面的原因，「你果然是刻意不讓他們發現對方的？」

「對，當我猜到他們可能認識，就試探過他們，但妳妹妹完全不理我。反倒是言嵐方很乾脆就告訴我，戴容儀是他女朋友的妹妹，而他還沒有跟對方接觸過。等到我發現，戴容儀跟言嵐方已經死於十年前的那起事故，我就有不祥的預感，懷疑他們的靈魂會在十年後的跨年夜之前，出現在陌生人身上，原因恐怕不單純，不曉得是心裡有冤屈，希望我能替他們伸冤，還是他們本身就不懷好意，想對我不利。因此在確定真相前，我不會讓他們接觸到彼此，更不會主動說出他們已經死去。」

「那你怎麼沒提醒我呢？你不怕我說溜嘴？還是你其實打算讓我告訴他們？」

「沒有，我只是單純忘記提醒妳。幸好妳反應快，沒有真的說溜嘴。」

戴芮芮傻眼，看著神態自若的他，不知道該說什麼。

然而聽完他的解釋，戴芮芮也終於能真正體會趙旻的心情，甚至認為他的這番懷疑合情合理。換作是她，她必然會有一樣的想法。

如今她也想知道，為何他們的靈魂在這個時機點出現？以及附身對象為何會是趙旻？

又為何當事人會對關鍵的那一天毫無印象，反而是趙旻可以陸續看見他們失去的那些記憶？

難道，真相非要到今年的跨年夜才會揭露？

那麼跨年夜之後呢？他們的靈魂就會離開嗎？還是會繼續附在趙旻身上？而要是在這之前，他們真的將趙旻的身體據為己有，那趙旻會怎麼樣？他的靈魂會就此消失嗎？

戴芮芮強壓下心中惶恐，逼自己停止思考這些，先專心釐清眼前的問題。

她問趙旻：「你跟嵐方也是用寫筆記溝通嗎？」

「不是，那樣太累了，我跟他是用家裡的那台黑色筆電打字溝通，筆電密碼只有我跟言嵐方知道，所以戴容儀不會看到內容。關於戴容儀的筆記簿，我要求她看完留言，一定要放回房間書桌的抽屜裡，也要求言嵐方不許在我房間活動，更不許碰房裡的東西。言嵐方很守規矩，我監視他到現在，發現他一次也沒違背我的意思，因此我可以肯定，他們還沒有發現對方的存在。」

趙旻將奶球全倒進咖啡裡，用器具緩慢攪拌，當香醇的黑咖啡變成奶茶色，他立刻端起杯子喝下一大口，繼續說：「今天妳問妳妹妹的問題，我同樣問過言嵐方，他不清楚自己為何會上我的身，也沒有想傷害我的念頭，但在得到戴容儀的答案前，我無法真的信他。多虧妳，我才能暫時安心，讀完戴容儀寫在筆記簿上的內容，我就知道我的預感是正確的，能夠救我的只有妳。」

趙旻對她揚起了一抹微笑。

戴芮芮想起他今天露出的那張明亮笑顏，心跳有一瞬間沒有落在正確的拍子上。

「你現在是一個人生活嗎？」

為了掩飾胸口的那股異樣感受，她輕咳一聲，不自在地換了個話題。

「對，我本來跟女友同居，我被附身後，她不到一個月就把我甩了。我家人看到我『精神失常』，不是想把我抓去醫院，就是找法師來幫我作法，我擔心再刺激那兩個人，尤其是戴容儀，真的會發生不可挽回的事，只好封閉自己，隔絕所有人。」

「那你的經濟怎麼辦？你那間房子應該是租的吧？我記得你說過，你的工作已經沒了，這樣有辦法生活嗎？」她真心替他擔憂。

「妳說到我現在的另一個煩惱了，我現在是用積蓄在勉強應付房租和生活費。我家人說，我不去醫院接受治療，他們就不會支援我。再這麼下去，因為繳不出房租而被房東趕走的日子，大概也不遠了，這樣的我回到老家，最終也只能落得被家人送去精神病院的下場。」

戴芮芮知道他不是在說笑，她也認為他說的事很有可能會發生。

「話說回來，言嵐方給我的感覺很詭異。」

她一愣，「什麼？」

「剛才我說，我沒主動說出他們已經死去的事，但言嵐方很敏銳，他第二次出現就告訴我女友，他應該已經死了，並欣然接受這個可能，感覺一點都不在乎。今天看了戴容儀的筆記，我才知道她終於也意識到了。」

喝下第二口咖啡，趙旻不疾不徐說：「言嵐方從來沒有請我打聽他的事情，或是請我幫忙尋找他的家人。但為了以防萬一，我還是把家裡網路停掉，不讓他搜尋自己的消息，只下載一堆電影給他，轉移他的注意力，他倒也看得很盡興，每天還會主動跟我分享他喜歡今天看的哪部電影。他好像非常喜歡看電影，一天可以看將近五部，他以前也是這樣嗎？」

戴芮芮沒能立刻反應過來，心裡五味雜陳，半晌後才鈍鈍點頭。

「你發現嵐方已經猜到自己死去，卻還是沒有把他的死因告訴他，是擔心他知道後，可能做出什麼危險的事嗎？比方說……回到當年的事發現場？」她不由得這麼懷疑。

「答對了，就算他表現得不在意，我也不敢鬆懈。真相未明前，告訴他這件事，對我沒有好處，所以我也沒讓他知道，我能看見他『未來』的記憶。哪怕是妳，也不敢保證他們得知真相後，會不會因為大受打擊，做出不可挽回的事，對吧？」

戴芮芮沒有否認。

待她從趙旻這些話回神，已經過了三分鐘。

「我能再問你一件事嗎？」

「妳儘管問。」

「你跟嵐方溝通時……他有提過我的事嗎？」她努力不讓聲音洩漏出一絲情緒。

趙旻看她一眼，點頭，「有，為了調查，我向他提過幾個問題，其中包含妳的事。他說，妳是班上的班長，頭腦好、人緣佳，是他見過最聰明漂亮的女生；

你們有許多共同興趣，電影欣賞就是其中之一。他曾在看完我下載的一部泰國鬼片後留言給我，說這是你們初次一起去電影院看的電影，謝謝我讓他想起這段幸福的時光。

「看他那樣表示，我也基於好奇多問了他，是否想知道妳在哪裡？他說其實還好，畢竟這個世界跟他原先認知的已經不同。不過，要是真有機會見到十年後的妳，他會很高興。」

戴芮芮一時沒有應聲。

發現趙旻遞過來一張乾淨紙巾，她才發現淚水不知何時滑下臉龐。

「不好意思。」她尷尬接過紙巾，將臉上淚痕擦乾。

「沒事，妳有這種反應，也是人之常情。」趙旻展現出體貼的一面，「雖然不確定言嵐方是否還有隱瞞妳什麼，但就我目前的感覺，從前他對妳的心意，應該不是假的。倘若明天換他出現，妳可以冷靜面對他嗎？」

「我不知道。」她心緒激盪，吸吸鼻子，「但是，知道他跟容儀的靈魂就在你身上，我無法坐視不管。我想讓我妹妹安息，也想讓趙先生你盡快回歸正常的生活。雖然我不曉得怎麼做才好，但我答應你，我會盡力而為。」

「叫我趙旻就行了。」他語氣溫和，「有妳這句話，我就安心了。」

當她看到趙旻將桌上的那杯黑咖啡一飲而盡，又點了第二杯，不禁問：「你為什麼要一下子喝這麼多咖啡？不怕晚上睡不著嗎？」

「我就是想讓自己晚點入睡，才養成晚上喝咖啡的習慣。屬於我自己的時間已經越來越少，不藉由咖啡因清醒點，我十點就會睏了。無論我多晚睡，言嵐方跟戴容儀都會在早上六點醒來，我現在一天幾乎睡不到五個小時，醒來後又已近黃昏，這是我出生以來，第一次如此想念白天。」

戴芮芮無法想像他所經歷的這些日子。

想到是自己的妹妹跟前男友害他只能這樣生活，她第一次有了愧疚的心情。

「今天我會把家裡的針孔攝影機拆除。」

「拆除？為什麼？」她愣住。

「妳不是還會來我家嗎？知道有攝影機，妳一定覺得不自在，所以我會拆掉。」

「但那是你為了監視他們，才會裝設的不是嗎？我也覺得這麼做對你比較好，所以不用顧慮我，我沒關係。」

「真的？」

「嗯。」她頷首，下一秒卻露出為難之色，「不過……明天我可能無法在白天去你家，今天我已經向店長請假，要是今後都要這麼請下去，一定會給店裡造成困擾。」

原以為趙旻會不悅，認為現在應該以他的事情為重，但他沒有，反而很乾脆接受，「知道了，那我再想個辦法。今天就先談到這，妳應該很累了，回去休息吧。」

見趙旻如此好說話，還主動拿起兩人的結帳單到櫃檯，那份難以言喻的微妙心情又出現了。

兩人離開咖啡廳後沒有立刻道別，而是朝著戴芮芮餐廳的方向行走一段路。看著對街的「Nina 的家」餐廳，趙旻說：「妳這麼年輕，就已經跟別人合開一間這樣出色的餐廳，很不簡單。」

戴芮芮一聽就知道，他是透過監視器的內容知曉此事的。

從玻璃窗看見小毅跟晴雯在店裡忙碌的身影，她內心一塊變得柔軟，唇角泛起笑意，「不簡單的不是我，是我爸，沒有他，我們今天不會擁有這麼一間店。

我爸知道我跟學姊想開餐廳，就大力投資我們，讓我們放手去做。剛經營的那幾年，我們遇到不少困難，但都撐過去了，如今也做出一番成績，可以給我爸一個交代了。」

「妳爸願意幫妳們，也是因為戴容儀吧？他知道妳會想開這間餐廳是為了她。」

她停頓，「嗯。」心想他果然全都聽見了。

「但我不是很明白。」

「不明白什麼？」

「妳為什麼要為戴容儀做到這個地步？妳真的從來就不懷疑她辜負了妳？」

見他如此直截了當，戴芮芮也收起了表情，認真答覆他：「如果說完全沒懷疑過，當然是騙人的。可是，容儀自小跟我在一起，我們一起經歷過許多快樂跟痛苦的事，這份羈絆不是一般人能想像的。哪怕她出了那樣的事，我也無法想像她真的會想傷害我。今天見到容儀的靈魂，我更堅信我的想法是正確的。」

「所以妳認為辜負妳的是言嵐方？就我看來，他確實挺可疑，連哥哥的事都要說謊，感覺有什麼不單純的隱情，才讓他決定騙妳。他很可能還有隱瞞妳其他事。」

看見戴芮芮的表情，趙旻說：「抱歉，我只是說出我的看法。」

「沒關係。」她深吸一口氣，「對了，你今天不是看到了容儀的記憶？」

知道她是故意換話題，趙旻也索性配合，「對，但沒有什麼特別的。十年前的今天，她除了學校、家裡，沒去其他地方，也沒碰到看起來可疑的人。戴容儀的生活跟人際關係非常單純，每天接觸的朋友又幾乎都是女生，目前我還很難看出她跟言嵐方會怎麼認識。」

留下這段話，趙旻就不再多言，隨即向她道別，大步離去。

踏著虛浮的腳步回到家裡，戴芮芮洗完澡一出浴室，便再也撐不住，整個人重重倒在床上，感覺身體不斷往下深陷，像是快被吞噬。

儘管累得連一根手指都抬不起，她的腦袋還是不斷出現趙旻的話，沒有停歇的跡象。

『但言嵐方很敏銳，他第二次出現就告訴我女友，他應該已經死了，並欣然接受這個可能，感覺一點都不在乎。』

不知道為什麼，這句話聽起來，就像是言嵐方其實沒有多想要活著。

趙旻說，他很難看出戴容儀跟言嵐方會怎麼認識，但她不認為趙旻真的看不出來，他這句話應該也是在暗示，就目前的發現，最後是言嵐方瞞著她，主動去接近戴容儀的可能性最高，要她有心理準備。

當她最後想到言嵐方是怎麼向趙旻敘述自己，並提到兩人當年去看的那部泰國電影，以及表示想見見現在的她，不知不覺又湧上了淚意。

『雖然不確定言嵐方是否還有隱瞞妳什麼，但就我目前的感覺，從前他對妳的心意，應該不是假的。』

她不明白。

無論如何，她都看不清籠罩在眼前的迷霧。

明明是真心相愛過的兩個人，為何如今她卻覺得對方比陌生人還要更陌生？

難道她真的不曾了解過言嵐方？

原以為又會是無法闔眼的一夜，但睏意很快便如浪潮席捲而來，讓她一下子就昏睡過去。

隔天，她勉強打起精神去上班。

這天餐廳生意不錯，她可以藉著忙碌，暫時忘卻心裡的煩惱。

稍微清閒下來後，晴雯走進廚房，神秘兮兮對她說：「芮芮姊，外面有個男客人一直在看妳，妳認識他嗎？」

隨晴雯的指示，她轉頭從隔間的玻璃窗望出去，與坐在靠窗區的一名男子四目相交，意外發現那個人是趙旻。

晴雯說，趙旻已經進店裡一段時間，點了一杯烏龍茶後，就一直透過玻璃窗，專注觀察她在廚房認真製作餐點的樣子。

戴芮芮心跳加快。

因為她知道那人不是趙旻，現在是下午兩點半，真正的趙旻應該還沒有回來。

戴芮芮脫下圍裙，離開廚房，走到對方面前時，發現自己竟緊張到有些暈眩。

「你是誰？」她問。

趙旻唇邊帶笑，迎向她的眼神溫柔而深情，彷彿在看著心愛之人。

「容殷。」

聽見他口中吐出的名字，戴芮芮呼吸停滯，不敢置信。

眼前附在趙旻身上的人，是她回憶裡的戀人。

# 第二章 〈回憶〉

升上高二的那年夏天，她跟言嵐方被編入同一個班級裡。

在此之前，兩人並不認識，但戴芮芮某次在校園跟他擦肩而過，就對他白淨的外貌，還有一雙溫柔澄澈的眼睛留下深刻的印象。

新學期第一天，言嵐方沒有主動去認識新同學，在座位上看自己的書，後來鄰座的男同學跟他搭話，兩人聊了起來，不一會兒，他的身邊就被好幾個人圍繞。

然而幾天後，言嵐方卻被捲入一起竊盜事件。一名男同學堅稱，言嵐方偷走了他忘在教室桌上的錢包。

男同學昨天放學後跟一名同學聊天，發現班上的人都走光了，他們才跟著要走，這時結束值日生工作的言嵐方正好回到教室，與兩人擦身而過。

還沒出校門，男同學就想起把錢包忘在教室，馬上折回去，卻驚見錢包已經不見。想起言嵐方是最後一個離開教室，男同學便自然懷疑到他身上，隔天大肆告訴身邊朋友，消息迅速在班上傳開。

各種情況都對言嵐方不利，本來跟言嵐方友好的那幾個同學，竟在男同學的煽動下開始跟他保持距離。面對同學們的質疑眼光，言嵐方沒有做出強烈的辯解，始終表現出無動於衷的態度。

那天下午，戴芮芮去導師室辦事情，途中聽見來自樓梯間的一段對話，不禁停下腳步，無聲無息地靠過去偷看，發現是錢被偷的那名男同學，以及隔壁班一個女生，兩人是男女朋友。

從他們的對話中，戴芮芮意外得知偷男同學錢包的犯人，其實是他的女友。

那日放學，男同學的女友不知道他已離開，到班上來找他，發現他把錢包留在課桌上，就伸手取走，並因為氣男友沒有跟她說一聲就走掉，竟故意不告知男友這件事，導致言嵐方莫名其妙被栽贓誣陷。

鬧出這種烏龍後，男同學非但沒想到要馬上還言嵐方清白，反而因為不想被大家唾棄，決定隱瞞事實，讓他繼續揹黑鍋，戴芮芮看不過去，當場用手機將兩人對話的畫面清楚錄下，再偷偷把影片寄去導師的電子郵箱裡。

導師看到影片後怒不可遏，當天就把這對情侶叫去導師室痛罵一頓，並找來言嵐方，讓兩人向他慎重道歉。這件事一傳回班上，大家才知道言嵐方是無辜的，對他深感同情，紛紛為他抱不平。

隔天戴芮芮收到一張紙條，是言嵐方給她的，他請她放學後留下來一下，戴芮芮當下就猜到言嵐方為何找她。

果不其然，言嵐方已經知道是她將男同學的事一狀告到導師那裡去，於是特意選大家回家的時候跟她道謝。

「多虧妳伸出援手，我才能證明自己的清白，很謝謝班長。」

「你怎麼這樣叫我？難道你不曉得我的名字？」她眨眨眼。

言嵐方笑起來，眼睛彎成月牙的形狀，「當然曉得，妳是戴容殷。」他刻意將她的名字說得清晰。

「那就好，你不用跟我客氣，那兩人的行為太過分了。既然我知道了真相，當然不能眼睜睜看你繼續揹黑鍋。但我明明叮嚀過老師，不要說是我舉發的，怎麼他還是說出來了？」

「是我拜託老師告訴我的，我說我無論如何都想親自跟這名有正義感的好心人道謝。」

戴芮芮被他逗笑，「好吧。不過你被那樣誣陷，還能沉得住氣，真的不簡單。如果你願意積極一點為自己解釋，也許還是有人願意相信你。」

「可能吧，但可惜我不是個擅長為自己辯解的人。比起冤屈被洗刷的喜悅，妳願意伸出援手，替我討回公道，其實更讓我高興。在那種情況下，妳能馬上想到用手機錄影存證，才是不簡單。」

「我也是聽到他們打算讓你繼續揹黑鍋，才趕緊錄影存證，幸好後面還有錄到關鍵內容，不然我想他們還是不會承認。」她謙虛地說。

兩人一聊下去，就停不下來，時間過去一個鐘頭，彼此都還有些意猶未盡，戴芮芮邀請他交換聯絡方式，言嵐方二話不說同意。

那天之後，他們每天都會互傳訊息聊天，感情逐漸升溫。

這是戴芮芮第一次遇到跟她如此相似的人，言嵐方跟她一樣喜歡打羽球、看棒球比賽，也熱中於欣賞電影跟聽演唱會，連喜歡的電影演員跟歌手都相同，兩人因此有說不完的話題，經常聊到忘記時間。

他們第一次約會的地點，是在週末的電影院，那天兩人還有默契地選了一部泰國鬼片。

兩個月後，他們出現在電影院的身影，被戴芮芮的同齡表姊江燦心撞見。這天江燦心也來看電影，看見戴芮芮跟一名眉清目秀的男孩子有說有笑，互動親暱，當晚就打過去追問對方的身分。戴芮芮跟江燦心自小感情就好，自然二話不說告訴了她，包括兩人目前的關係。

「還只是曖昧而已？難怪，我就納悶妳怎麼可能交了男朋友，卻不跟我說，那妳喜歡他嗎？」

戴芮芮坦白回答：「我想是吧，我一年級就注意到他了，不知道為什麼，第一眼見到言嵐方，我就對他留下了印象。當我越了解他，就越覺得他跟我十分相像，跟他在一起非常開心自在，感覺像是在跟自己相處。我第一次對一個人有這種感覺。」

江燦心笑呵呵，「哇，沒想到是妳對人家一見鍾情，妳有跟容儀說嗎？」

「當然沒有，所以妳別告訴她。」她叮嚀。

「放心，我不會的，被容儀知道這件事，不敢想像她會有怎樣的反應。但如果妳跟言嵐方是兩情相悅，那要怎麼辦？言嵐方也喜歡妳嗎？」

「不知道，我沒問過他。」

江燦心沉默一會兒，「容殷，如果言嵐方也喜歡妳，妳不會為了容儀放棄掉這份感情吧？」

戴芮芮沒有馬上回答。

「妳絕對不能這麼做，要是妳真的做出這種傻事，我就再也不理妳了。妳一定要好好珍惜自己的心意，就算必須瞞著容儀，妳也不可以輕言放棄言嵐方，知道嗎？」她語氣認真。

「我知道，妳別那麼愛操心，都還不確定我跟言嵐方會不會走到那一步呢。先這樣，下次再跟妳聊。」

草草結束通話，戴芮芮看著手機陷入沉思，不久離開房間，赫然發現妹妹站在房外。

「姊，我正好要敲門。」戴容儀眨眨晶亮的眼睛，笑得天真無邪，「我回來了。」

「妳不是說要跟同學去吃晚餐？」戴芮芮嚇一跳，語氣還算鎮定。

「我們唱完ＫＴＶ，外頭就下大雨了，這樣衣服濕濕的去吃飯很不舒服，所以我們乾脆取消後面行程，直接回家。」

「那我們一起吃吧，我正好也要去準備晚餐，今天爸爸不會回來吃，我們就弄個簡單的蛋包飯，再煮一鍋青菜豆腐湯，怎麼樣？」

「沒問題，那等我一下，我先去洗澡，晚點我們一起準備。」戴容儀說完，立刻回房間拿換洗衣服，進浴室洗澡。

這天戴容儀跟朋友們也有約會，以為妹妹不會那麼快回來，剛才跟江燦心通電話，她便直接開擴音，結果沒想到妹妹會提前返家。

容儀是何時站在房門外的？應該沒有聽見她們的對話吧？

後來在餐桌上，戴芮芮忐忑觀察妹妹的反應，沒發現什麼異狀，這才放下心，如果戴容儀真聽到了，不可能一點反應也沒有。

姊妹倆一起洗碗盤跟切水果，戴容儀盤子洗到一半開口問：「姊，妳覺得爸今年會帶我們去哪裡？」

「什麼？」她沒立刻意會過來。

「媽媽的忌日呀，就在下週四。」

戴芮芮的母親五年前因病逝世，她的繼父戴世綱，往後都會在妻子的忌日這天，幫兩個女兒向學校請假，開車載她們去妻子生前喜愛的地方遊玩，而且不會事先透露地點，讓她們相當期待。

據說這是戴母的遺願，她希望丈夫跟女兒們將來可以用快樂的心情想念她，因此，戴世綱每年都帶她們去各式各樣的美麗景點，那裡有著他跟妻子相戀時的回憶，戴世綱會告訴女兒們自己跟戴母年輕時的故事，陪她們一起思念她。江燦心為此欣羨說過，戴世綱是她見過最專情的好男人，更是世上最好的繼父。

「我也不知道爸會帶我們去哪裡，但一定也是很棒的地方。」戴芮芮嘴角一勾。

「沒錯，去年是到墾丁的海邊。媽媽向來喜歡大自然，說不定這次也是去有好風景的地方。」

「嗯，有可能哦。」將切好的水梨放在乾淨的盤子上，戴芮芮接著想到，「對了，小鎂跟扇扇她們好嗎？最近好像很少看到扇扇來家裡玩。」

小鎂跟扇扇都是戴容儀的好朋友，戴容儀與小鎂國中就認識，扇扇則是今年才認識的新朋友，三人平時在校都一起行動，放學也會一起回家。

「我……不會再找扇扇來家裡玩，我們已經很久沒有在一起，今天的聚會扇扇也沒參與。」戴容儀吞吞吐吐。

「妳跟扇扇吵架了？」

「沒有，我不想再跟她來往了。」

「為什麼？妳不是說扇扇是很善解人意的女孩，妳很喜歡她的嗎？」她意外。

戴容儀咬緊下唇，一臉受傷，「對，但那都是她裝出來的。我就是因為喜歡她、信賴她，才願意邀請她來家裡玩，也將我們家人的事告訴她。沒想到，她竟私下對小鎂說，她覺得我們很詭異，讓人毛骨悚然，更懷疑我們的爸爸是不是有問題。她甚至對小鎂說，我老是把妳掛在嘴邊，一天到晚我姊姊這樣、我姊姊那樣的……感覺很煩人，還說我怕男生怕成這樣，看起來就很假，覺得我在故意裝柔弱、裝可憐。」

戴芮芮愕然地放下手上的水果刀，「這是真的嗎？妳為什麼都不告訴我？」

她委屈地紅了眼眶，「我說不出口呀……妳跟爸爸都對扇扇的印象不錯，待她很好，如果知道她心裡是這樣想我們的，你們怎麼可能不難過？我最氣的是，扇扇嘴上說能理解我們小時候的遭遇，私底下卻是這樣質疑我們，小鎂也覺得她很虛偽，跟她吵架後就不理她了。現在扇扇到處說我們的壞話，想到她可能會到處胡說八道，隨口亂污衊爸爸，我就很難過。早知如此，當初就不該輕易相信她，傻傻的什麼都跟她說。」

「容儀，這不是妳的錯，人總會有看錯人的時候，不必為失去一個假面朋友而傷心，妳要慶幸妳還有如此維護妳的小鎂。」戴芮芮握著她的手，柔聲安慰她，「妳也不用跟扇扇計較，她想說什麼，就讓她去說。」

「姊姊，妳都不會生氣嗎？」

「沒什麼好氣的，從過去到現在，我們什麼風涼話沒聽過？而且聽久了，就會知道像扇扇這種到處亂說話的人，遲早會嚐到苦頭，所以根本不必理她。」

戴容儀點點頭，用力吸吸鼻子後，快速用指尖抹一下鼻頭，憂心地說：「可是老實說，經過這件事，我連對小鎂也有點沒信心了。要是有一天，小鎂也跟扇扇一樣厭棄我怎麼辦？會不會她早就已經對我不滿，只是在隱忍？」

「妳別多想啦，小鎂不會這樣的。」

「真的嗎？」

「當然。好了，我們別管扇扇了，想些好玩的事吧。我們來賭下週爸爸會帶我們去看風景，還是帶我們去吃他跟媽媽光顧過的餐廳，輸的人洗一個禮拜的廁所，怎麼樣？」

「好呀，我賭去看風景。」

戴容儀喜逐顏開，爽快接受挑戰。

幾日後答案揭曉，戴世綱帶她們到南投山區的一座遼闊牧場，那天姊妹倆享受著被羊群跟山脈環繞的感覺，玩得不亦樂乎。

然而在這天之前，戴芮芮就先意外得知一項消息，戴容儀某日回家告訴她，扇扇休學了。

「為什麼？」她嚇一跳。

「她好像在網路上惹到不該惹的人，被對方找出來修理得很慘。聽說扇扇是在路邊被發現的，不但全身傷痕累累，還渾身赤裸。」戴容儀語速飛快，情緒激盪。

戴芮芮呆了一呆，沉重道：「看來扇扇果然不是第一次得罪人，如果這是真的，她也已經為她的行為付出最慘痛的代價，所以容儀，妳就別再生扇扇的氣，原諒她對妳做的事吧。」

「嗯。」她頷首，表情餘悸猶存，「雖然我也很氣扇扇，但從沒有想過要讓她遭遇到這種事，所以我也沒有大快人心的感覺，只覺得好可怕。」

「我知道，容儀妳一向心地善良，就算再怎麼生對方的氣，也沒想過讓對方受到傷害，這是妳的優點。」戴芮芮眼神溫暖，欣慰地說。

和家人出遊回來的隔天上午，戴芮芮下課時間和兩個女同學在走廊上聊天，眼角餘光看見妹妹和小鎂從對面二樓的一間教室走出來。

知道戴容儀的教室在那裡，戴芮芮每次來到走廊，就會朝對面大樓望去；而戴容儀也知道姊姊平時喜歡站在教室外頭吹風，當她要去洗手間或合作社，也會抬頭朝戴芮芮三樓的教室看過去，兩人一對到眼，就會不約而同相視一笑，向彼此輕輕揮手。

言嵐方之前就有注意到戴芮芮的這個舉動，也好奇問過她，這一次又看到她朝對面大樓揮手，等兩個女同學離開後，他主動來到戴芮芮的身邊。

「看到妳妹了？」

「是呀。」

「前天我去合作社時有發現她，雖然隔著一段距離，還是看得出妳們長得很像。」

「你老實說，當下有沒有認錯人？」

「如果妳妹的頭髮也和妳一樣長，再矮個五公分，或許我就有可能認錯。」言嵐方打量一下她，給出這樣的回答。

「唉，朋友都當假的。」她撇過頭，故作不滿。

「開玩笑的啦，妳們若走在一起，就算不看妳們，我只要聽腳步聲，就能馬上認出哪個是妳。」

「你少來了，誇張。」戴芮芮笑眼瞪他，心中一甜，「不過你怎麼知道我妹高我五公分？我有跟你說過嗎？」

「沒有，我是憑著上次目測，大概猜出這個高度。」他聳聳肩，眼睛彎彎，「對了，可以告訴我了嗎？」

「什麼？」

「前天晚上妳不是跟我說，隔天妳不會來學校，我問妳為何請假，妳說之後再告訴我。」

想起確實有這回事，上課鐘聲也正好響起，她看了言嵐方幾秒，低聲道：「說來話長，不如今天放學我們一起回去，到時我再告訴你。」

「好。」他一口答應。

傳訊息給父親跟妹妹，今晚會跟同學逛完夜市再回家，戴芮芮跟言嵐方便搭乘捷運到一處景點，那裡清靜優美，有一座大型操場，很適合散步說話，不用擔心被認識的人看見。

那一天，戴芮芮主動告訴言嵐方，他們全家會在戴母忌日這天一起出去遊玩，並細述戴世綱會成為她們繼父的經過。

戴世綱跟戴母學生時期便是戀人，迫於家族的壓力，戴世綱後來跟戴母分手，移居國外；戴母則嫁給了父親介紹的人，沒想到是不幸的開始，戴母的丈夫是個不折不扣的酒鬼，嗜賭成性，且會對妻兒施暴，讓她們每一天都像是活在地獄裡。

戴芮芮十歲那年，戴世綱回來了，對戴母餘情未了的他，去見昔日戀人，發現心愛之人不僅生了病，還過著這般艱苦的日子，痛心不已，此後經常偷偷去關心她，對戴芮芮和戴容儀也疼愛有加。

戴芮芮跟妹妹對殘暴的父親有多深惡痛絕，就有多喜歡溫柔體貼的戴世綱，從不會因為他是母親的舊情人，而對他有一絲排斥之心。

戴世綱出現兩個月後，戴芮芮的生父某天忽而消聲匿跡，過了一星期，有警方透過民眾舉報，在海岸邊發現他腫爛不堪的屍體。

一開始，身邊的人都以為戴芮芮的生父是遭債主殺害，直到發現戴世綱事後馬上住進他們家，疑似早就跟戴家母女有密切接觸，各種不堪入耳的謠言便出現了。即使警方最後證實此案跟戴世綱毫無關係，戴芮芮生父那邊的親戚，仍一口咬定是戴母與情夫聯手殺害了丈夫，連戴母娘家的人都無法諒解。在戴世綱決定把家裡的電話號碼換掉前，戴芮芮跟妹妹每天都會接到親戚打來辱罵母親的電話。

那個時候，只有表姊江燦心，以及年長戴芮芮兩歲的堂哥林晟，會繼續到家裡找她們玩。但三年後，戴容儀開始拚命躲避林晟，使得林晟後來也跟她們漸行漸遠。

「為什麼妳妹要躲他？」聽到這裡的言嵐方，好奇詢問。

戴芮芮搖頭，「我不知道，無論怎麼問容儀，她都不說。那個時候，容儀幾乎無法出門跟人接觸，因為隨時會碰到男生，彷彿把全世界的男人都視為敵人，但林晟不在後，容儀有為他流淚，所以我想，她心裡還是不捨林晟的，畢竟容儀小時候真的很親近他。」

「妳說妳堂哥不在了？」

「嗯，他高一時和朋友偷開家裡的車出遊，結果發生車禍，不幸走了。」

言嵐方沉吟片刻，「那妳妹恐男的情況，後來還是有改善吧？畢竟她現在可以好好地來上學。」

「對，我堂哥的意外，似乎讓容儀受到不小衝擊，在那之後，我感覺她的情況有明顯好轉，雖然恐懼男性的毛病還是存在，但已經不像最初那麼嚴重，生活上也沒受太大影響，所以我已經很高興了，我相信容儀會越來越好。」

「嗯，我也相信。」言嵐方話聲溫柔，「妳對妳妹妹真的很好。」

「當然，她是我唯一的妹妹。有一次，我看到我媽被我生父打，我氣得吼他，在他也準備打我的時候，我妹衝出來維護我，就這麼被那個人打破了頭，在醫院昏迷一個多月，差點救不回，那時她才八歲呢。當時我以為容儀真的會死，每天哭不停。那時起我就發誓，以後一定要好好保護容儀，不讓任何人傷害她。」

至今那一幕仍歷歷在目，戴芮芮說著說著，不禁微微鼻酸。

「難怪妳們的感情這麼好，因為妳們從小就是這樣互相扶持到現在，很了不起。」他感慨。

「你跟你哥哥感情也不錯吧？」

經過這兩個月的相處，戴芮芮已經知道言嵐方也有一個大他一歲的哥哥。

他苦笑，眼中浮上一絲落寞，「我哥哥從小就很討厭我，平常完全不會跟我說話，我們的關係一直很疏離。」

她意外，「為什麼？」

「我也想告訴妳，可惜理由連我都不知道。我早就沒有跟我哥感情變好的想法，但聽完妳跟妳妹的故事，我還是有點羨慕。」

言嵐方當下的眼神，讓戴芮芮猜到，他不會想再透露更多，於是不再問下去。

「我完全看不出來妳曾發生過這樣的事，謝謝妳肯告訴我，要說出來一定很不容易。」言嵐方這時的語氣有著心疼。

戴芮芮深深看他一眼，「你聽完我們的故事，不會覺得可疑嗎？」

「妳是指妳繼父？當然不會，警方不是已經確定妳生父的死跟妳繼父無關了？」

「警方證實是一回事，聽者的想法又是一回事。當時所有人懷疑的不只我繼父，連我跟容儀都質疑，認為我們一家全是共犯。前陣子，容儀基於信任，把我們家的故事告訴她的一位好朋友，結果對方表面上裝同情，私底下卻在中傷我們，容儀為此很傷心自責，她覺得她讓繼父遭到更多人誤會。」

「這種人很可惡，根本不是朋友。」

「是呀，雖然我不在乎別人怎麼想，但我也無法容忍有人直接在我面前污衊我繼父。從我繼父搬進我家，到我母親去世的那兩年，是我人生中最幸福的兩年。就算我媽不在了，他仍對我們視如己出，把我們當作一生的責任；對於我跟容儀來說，我們的父親就只有他一個，是他給了我們安穩幸福的生活，所以我會感激他一輩子。只要能守護我爸跟容儀，我什麼都願意做。」

戴芮芮忍住淚水的表情，讓言嵐方主動握起她的手。

雖然意外他會有這種舉動，她卻沒有掙脫，也沒有想掙脫。

「妳妹那個朋友，還有再對別人亂說妳繼父的事嗎？」

戴芮芮將扇扇後來發生的事告訴他。

言嵐方深深嘆一口氣，「這就是現世報吧。我知道妳為何會這樣問我了，妳擔心我跟妳妹的朋友一樣，對吧？我現在就回答妳，我一點也不覺得你們家哪裡有問題。我甚至認為，就算你們真的有想要殺掉妳生父的念頭，我也能認同，因為倘若是我，一定也會想這麼做。」

「真的？」戴芮芮半信半疑。

「嗯，有人質疑你們，也一定會有人打從心底理解你們，我就是後者，所以妳可以放心對我說出妳真實的想法。」

餘暉將他的身影鍍上一層金邊，讓他的笑容看起來在閃閃發亮。

「言嵐方，我喜歡你。」看著他的澄淨眼睛，戴芮芮心跳加速，情不自禁脫口而出，「這就是我現在的真實想法，我可以說出來，對吧？」

言嵐方呆愣了將近半分鐘，最後張開雙臂緊緊抱住她。

感覺到肩膀上傳來一股濕熱，戴芮芮一愣，吃驚道：「你怎麼了？你哭了嗎？」

「嗯，不小心喜極而泣。」他裹著鼻音的嗓音，滿是幸福的笑意，「因為我真的很喜歡妳。」

那一天，戴芮芮告訴表姊，她和言嵐方開始交往的消息，對方看到訊息，馬上撥了電話給她。

「你們真的在一起了？」江燦心語帶喜悅。

「嗯。」輕輕打開房門偷聽，確定妹妹跟父親都在客廳看電視，她才放心開口，「我今天跟他告白，他說他也喜歡我。」

「太好了，我就知道你們是兩情相悅。不過，妳有告訴他容儀的事嗎？」

「有，他清楚容儀的情況，也很願意體諒，所以我們都同意先不告訴容儀。」

「那妳有想過何時對容儀開口嗎？畢竟不可能一直瞞下去的吧？」

戴芮芮沉吟片刻，「我知道，就先觀察看看，我會找適當的時機告訴容儀。」

結果這一等，就是兩個月的時間。

戴芮芮和言嵐方平時在校不會經常膩在一起，卻還是被親近的同學察覺到兩人之間的曖昧，在朋友的再三追問下，戴芮芮才承認兩人的關係。

那些朋友也認識戴容儀，她不想讓妹妹有天從她們口中聽聞此事，因此決定近日就要對戴容儀說出口；另一方面，她也已經不想再繼續隱瞞戴容儀，她跟言嵐方越是幸福，她的心裡就越是歉疚跟空虛，無論如何，她都想要跟心愛的妹妹分享這份喜悅，得到妹妹的祝福。

某天晚上跟戴容儀的一段對話，讓她決定要跨年夜那晚對妹妹坦白。

「姊，跨年夜那天，妳有沒有想做些什麼？」

戴容儀坐在戴芮芮房間的床鋪上，抱著枕頭好奇問她。

「我沒有特別想做什麼……怎麼了？莫非妳想出去？爸說過要等我們上大學，才能讓我們出去跨年的。」她從手機抬頭，看向妹妹。

戴容儀嘟嘴，「我知道呀，但我就是覺得這樣跨完年，挺沒意思的。乾脆那天晚上，我們不要睡，一起撐到天亮好不好？」

「我是沒問題，但妳可以嗎？妳從來沒辦法撐過十二點耶。」

「就試試看呀，說不定那天我真的能撐到天亮。」她躍躍欲試。

這時戴芮芮有了一個想法，「好，如果妳那天挑戰成功，我就告訴妳一個秘密，怎麼樣？」

「什麼樣的秘密？」

「保證讓妳大吃一驚的秘密。」

戴容儀眼睛一亮，立刻有了鬥志，「一言為定！」

隔天，戴芮芮把這個決定告訴言嵐方，他一臉意外。

「妳真的要跟妳妹說出我們交往的事？」

「嗯，你覺得如何？」

「我當然沒意見，不過我已經開始緊張了，我挺擔心妳妹的反應。」他語帶忐忑。

她苦笑，「我也是呀，但終究是要說的。我真的很想讓容儀認識你，只要容儀知道你的好，我相信她一定會慢慢接受你。」

言嵐方笑容溫柔，「謝謝妳，容殷，我會支持妳。不管妳妹會有什麼反應，妳都要馬上告訴我。」

「好。」她頷首。

十二月三十一日的晚上，戴芮芮跟戴容儀在電視機前看跨年演唱會，同時等待晚下班的父親回來。

十點半，外頭下起大雨，戴容儀也呵欠連連，不斷揉眼睛，明顯睏了。

「要不要放棄？」

見妹妹這樣子，戴芮芮很確定她無法撐到早上。

「不要，為什麼要放棄？我又還沒有想睡。」戴容儀倔強地說，努力將眼睛睜大。

她噗哧一笑，「妳明明就睏了，不用逞強，那個秘密我還是會告訴妳的。」

「不行啦，我不想犯規！」戴容儀說完，霍然從沙發上站起，快速離開客廳，幾分鐘後端了兩杯熱飲出來，興高采烈道：「我剛去用冷水洗臉，清醒多了，再喝杯咖啡的話，還能撐幾個小時吧？我也幫姊沖了一杯，我還幫妳加幾顆棉花糖哦。」

後來兩人繼續一邊看電視一邊閒聊，喝下半杯咖啡的戴芮芮，沒多久感受到一股排山倒海的暈眩感，再也聽不清妹妹的說話聲，最後眼前一黑，失去了意識。

醒來後，她看見父親跟江燦心憂心忡忡的臉。

得知自己身處在醫院，而且日子已是一月二日，她嚇了一跳，連忙開口：「爸，燦心，我怎麼了？」

戴世綱跟江燦心兩人臉色蒼白，戴世綱率先回答她：「妳兩天前昏倒了，是爸爸把妳送來醫院，妳還記不記得那一天發生了什麼事？」

戴芮芮用疼痛不已的腦袋努力回想，慢慢拼湊出跨年夜那日的記憶，「那天……我跟容儀在客廳看電視等跨年，也等爸你回來。當時容儀泡一杯咖啡給我喝，我喝到一半，頭忽然變得很暈很暈……後面的事我就沒有印象了。」

說完，她想起一件事，「容儀呢？容儀她在哪裡？」

聽完戴世綱流淚說出來的話，戴芮芮不敢相信自己的耳朵，整個人如遭雷擊。

十二月三十一日晚間十一點，戴容儀被人發現倒臥在學校的教學大樓前，渾身是血，沒有呼吸心跳。

除了她，還有一個人也死於現場，就是言嵐方。

目擊者是學校警衛，他看見他們的遺體時，發現兩人緊緊抱著彼此，疑似是殉情。

這個晴天霹靂的消息，讓戴芮芮猶如行屍走肉，久久無法開口說話。

擔心女兒的精神狀況，戴世綱讓她留在醫院安靜休養，除了江燦心，禁止任何人探望。

某天跟江燦心單獨相處，戴芮芮再也承受不住，抱頭痛哭起來。

「燦心，怎麼辦？我無論如何都想不通。到底為什麼容儀跟嵐方會發生這樣的事？那晚他們為什麼會去學校？容儀是故意對我下藥的嗎？她跟嵐方真的有什麼嗎？是我害死他們的嗎？妳能不能告訴我真相到底是什麼？我真的怎麼想都不明白啊！」

面對她的崩潰，江燦心說不出半句安慰的話語，只能緊緊抱著她，陪她一起傷心哭泣。

見戴芮芮終日渾渾噩噩，許久沒有打理自己，江燦心有次主動提議幫她整理頭髮，她同意了。

梳頭到一半，江燦心忽然跟她道歉，戴芮芮不解，「為什麼道歉？」

她吞吞吐吐，「就是……在妳昏迷時，我看到妳的頭髮被橡皮筋纏得很緊，所以想幫妳解開，卻越解越緊，當我用剪刀剪，又因為緊張不小心失手，剪掉了妳一撮頭髮。姨丈覺得這樣子不太好看，決定請人來幫妳理個頭髮，害得妳頭髮變這麼短，對不起哦。」

聽完她的話，戴芮芮伸手摸摸自己的頭髮，本來長到胸口的頭髮，已經短到頸部的位置。

她居然完全沒有發現自己的頭髮變短了，大概是因為打擊過大，整個人都魂不守舍，才沒有注意到。

戴芮芮沒有把這事放在心上，還安慰她，要她別放在心上。

但那天晚上，她去上洗手間，清楚看見鏡中短髮的自己，竟覺得彷彿看見了戴容儀，下一秒便匆匆逃出洗手間，不敢再多看一眼。

這份巨大傷痛，讓戴芮芮無法回到充滿妹妹回憶的家，也無法回去學校面對同學的異樣眼光，因此當戴世綱建議她休學，跟他到清幽的鄉下生活一段時間，她幾乎沒怎麼考慮就同意了，

考上大學後，她換了一個新名字，開啟新的生活。

那段過往隨著時光的洪流被推得越來越遠，傷痕依然在她的心裡，但她已經沒有再去追究真相的念頭。

這注定是無法解開的謎，倘若不放手，她一生都走不出去。

為了能夠面對往後的人生，她決定只記住那兩人的好，只活在和他們的幸福回憶裡，不去看背後的黑暗。

就在她以為自己做到時，趙旻卻出現了。

他不只讓她再次和那兩人相逢，還讓她有一窺當年真相的機會。

她覺得命運又對她開了一次天大的玩笑。

「容殷？」

聽到趙旻的這一聲呼喚，戴芮芮全身一震，像是從一段漫長的夢境中驚醒過來。

看清眼前的景象，她才恍然憶起，自己身處在為戴容儀而開的餐廳，而此刻跟她一起坐在窗邊的趙旻，其實是言嵐方。

「妳沒事吧？」他嗓音輕柔，眼裡有著明明白白的擔憂。

「我沒事。」

她心跳紊亂，聲音沙啞得難聽。回憶跟現實在腦中交織在一起，使她一度有些錯亂，難以直視對方的眼睛，「你真的……是嵐方嗎？」

「嗯。」他頷首，神態從容沉穩，看不出一丁點尷尬，「趙旻給了我這邊的地址，說妳就在這兒工作，而且已經改名叫戴芮芮。他讓我過來找妳，所以我就來了。」

昨晚告訴趙旻今天無法再去他家，他說會再想個辦法，他指的辦法，原來就是讓他們來找她。

「是嗎？那趙旻……還有跟你說什麼嗎？」她提醒自己保持鎮定，小心翼翼探詢。

「他告訴我，妳已經知道我的靈魂附在他身上，如果我有話想對妳說，就過來見妳。」他斂下眸，口氣透出無奈，「我對趙旻很抱歉，我不曉得自己為何會跑進他的身體裡，奪走了他的時間和人生。為了彌補他，我只能盡可能聽他的話，不給他添麻煩。」

「意思是，若趙旻要你留在家裡，不許外出，你真的會乖乖照做？」

「對，但他其實會允許我外出走動，前提是我不跟任何人接觸、不離開他指定的範圍，以及在我『睡著前』回到家。」

想必是知道言嵐方向來很守規矩，不會違背他的意思，而言嵐方也一直表現良好，趙旻才會放心讓他這麼做吧。

她嚥嚥口水，努力穩住聲音，「你決定來見我，是因為趙旻的意思，還是你真的有話想對我說？」

他沉吟了片刻，「都有，但我想見妳的心情還是居多。來找妳之前，我其實很掙扎，因為我不曉得這麼做會不會影響到妳？畢竟我已經離開十年了，要是因此破壞妳平靜的生活，甚至害妳變得痛苦，我會更覺得愧疚。」

戴芮芮無語，不確定他這番話是否出自真心。

「你知道自己已經不在人世？」

「嗯。」

「你怎麼知道的？你去調查了嗎？」

「沒有，這是我的猜測。我最後的記憶，是停留在剛跟妳交往的那個時候，所以我想，我可能就是在那個時候死去的吧，不然我找不出其他解釋。」

他說的時間，差不多是十年前的十一月左右。

若他所說屬實，那他確實跟戴容儀一樣，都沒有最關鍵的記憶。

「你為何沒想過去調查？」她指尖冰冷，嘴唇輕顫，「趙旻說，你從沒請他幫忙打聽你的事，你對自己的死，真的毫不在乎？」

他看著她，搖搖頭，低聲澄清，「我不是不在乎，我只是想，我八成就是出了什麼意外。如果是意外，不外乎就是幾個常見的原因，我覺得沒什麼差別，所以沒有非得追究下去的想法。」

「除了意外，沒有其他可能？」她硬聲說出後面的話，「比如自殺？」

言嵐方瞬間入定，眼裡有著深深的愕然跟呆滯，一度沒有反應。

戴芮芮淚眼模糊，呼吸急促，「你不回答，表示我說對了？你真的想過要自殺，而且還是在我們剛交往的時候，所以你才可以這麼輕易接受自己的死，因為你早就想這麼做了，而且是我讓你有這個念頭。」

「不是！」他立刻否認。

「那是為什麼？」她大喊，再也按捺不住情緒，「你以前是真心喜歡我嗎？為什麼連跟你哥哥感情不睦的事，你都要騙我？你為什麼要跟我在一起？為什麼一直對我說謊？為什麼要讓我變得這麼痛苦？你對我好，到底是為了什麼？」

看著淚流滿面的戴芮芮，言嵐方眼神深沉，久久未置一詞。

「容殷，其實我……」

等到言嵐方終於開口，戴芮芮卻無法再聽見他後面說了什麼。

她臉色慘白，一手抓緊胸口，一度喘不過氣，最後在周遭的騷動聲中，整個人昏厥了過去。

恢復意識後，她發現自己躺在醫院的急診室裡，而趙旻就坐在她的身邊。

「容殷，妳剛剛在餐廳裡昏倒了，醫生說妳情緒過於激動，才會不小心昏過去。」他話聲溫柔，「妳好一點了嗎？還有沒有哪裡不舒服？」

戴芮芮沒有反應，等到言嵐方輕輕將手心放在她冰涼的額頭上，她才如觸電般渾身一震，用力將頭轉到另一邊，不肯再面對他。

「容殷，現在已經快五點，我得回趙旻家了，不然我很有可能會在外面直接昏睡過去，這樣會害得趙旻遇到危險。」

「……」她咬著下唇，沒有作聲。

「我知道不管我說什麼，都彌補不了我帶給妳的傷害，但我可以先回答妳兩件事。第一，妳是我第一個真心喜歡上的女生，也是最後一個；第二，我會騙妳我哥的事，是不得已的，我的身上有一個秘密，那個秘密讓我跟哥走向決裂，也讓我想過離開這個世界，而我沒辦法把這個真相告訴妳。所以，倘若十年前的我，其實是自殺走的，就算我不清楚發生的經過，我還是能向妳保證，我會走上這條路，絕對不是妳的關係。」

戴芮芮的淚水靜靜流淌，將枕頭浸濕一小塊，心中一片茫然。

此時一陣急促腳步聲傳來，一頭俐落短髮，身著灰色套裝的江燦心進到急診室，看見躺在床上的戴芮芮，立刻直奔而來。

「芮芮，我接到明真店長的電話，她說妳在店裡昏倒了。」發現戴芮芮臉上布滿淚水，江燦心大驚失色，更加焦急，「妳怎麼了？身體哪裡在痛嗎？」

「我沒事，燦心妳別緊張。」戴芮芮連忙用手將淚擦乾，從床上坐起，擠出一絲難看的笑，「最近店裡太忙了，加上我這兩天有點睡不好，才不小心暈過去的。」

看著她紅腫的眼睛，江燦心一臉不信，馬上用銳利的目光打量一旁的趙旻，不客氣地問：「不好意思，你是哪位？」

言嵐方沒有回應她，像是不知道該怎麼回答，最後只溫聲對戴芮芮說一句：「容殷，那我走了，妳好好休息。」他對江燦心輕輕點一下頭，轉身走出急診室。

戴芮芮目送他離去，心裡百感交集，下一秒便迎上江燦心錯愕的視線。

「芮芮，怎麼回事？」江燦心坐下趙旻方才的座位，表情嚴肅無比，「明真店長告訴我，妳在店裡跟一個男生起衝突，情緒非常激動，再來就暈倒了，對方之後陪妳坐上救護車，就是剛才那個男人吧？他是誰？為什麼會叫妳從前的名字？」

戴芮芮不曉得怎麼解釋才能騙過她，只好將整件事的來龍去脈據實以告。

江燦心一臉震驚，當場失聲叫出來：「怎麼有這種事？妳怎麼會相信他說的話呢？這個男人有問題，他絕對是在故意嚇唬妳！」

「我一開始也是這麼想。」戴芮芮看進她的眼睛，「燦心，妳記不記得我們小學六年級時，曾帶容儀一起去溪邊玩，結果容儀掉進溪裡，差點溺水？」

她愣了一下，不久點頭，「我記得這件事，妳怎麼忽然提這個？」

「這件事趙旻他也曉得，連我們當時起衝突，才害得容儀掉進溪裡，他都知道。」

江燦心臉色發白，不可置信，「這怎麼可能？」

「是真的，除了這個，趙旻還知道其他只有我跟容儀才曉得的事，連我跟嵐方之間的事，他都一清二楚，我實在找不到理由不信他。如果不是容儀跟嵐方生前都認識他，趙旻怎麼會對他們的事這麼清楚？但我怎麼想都覺得這不可能。」

江燦心呆愣了整整一分鐘，吶吶確認：「所以剛才在這裡的趙旻，其實是言嵐方。而妳說趙旻本人六點過後，就會回到自己的身體，對嗎？」

她點頭。

「好，芮芮，妳六點幫我把趙旻找出來，我要親自向他問清楚，確定他不是在裝神弄鬼。」

知道江燦心不會讓步，戴芮芮只好同意。

她傳了一則訊息給趙旻，醫生確定她可以出院後，她便在江燦心的陪同下離開醫院，到附近的一間中式餐廳等待趙旻。

六點四十分，趙旻出現，他看見坐在戴芮芮身旁的江燦心，臉上沒什麼表情。

戴芮芮還未開口，江燦心就站了起來，冷冷對他發話：「趙先生，我是芮芮的表姊，方便私下談談嗎？」

「可以。」趙旻點頭，毫不猶豫跟她離開餐廳，直接走到戴芮芮看不見的地方談話。

十五分鐘後，他們回來了。

江燦心的眼眶有些紅，像是剛哭過。

「芮芮，我臨時有事，要先離開一下。還有，今晚我想去妳家睡。」江燦心將手放在她肩膀上，聲音略微沙啞。

「好。」戴芮芮握住她冰冷的手，不禁擔心，「燦心，妳沒事吧？」

「我沒事，妳好好吃飯，我之後再聯絡妳。」江燦心唇邊擠出一絲笑，拎起放在椅子上的包包，快步離開餐廳。

一跟趙旻對上眼，戴芮芮忽地呼吸困難，她馬上告訴自己，現在他是趙旻，不是言嵐方，努力調整好心情。

「燦心她怎麼了？你對她說了什麼嗎？」她鎮定問。

「她質疑我身上發生的事，懷疑我對妳有什麼不好的企圖，於是我告訴她一些從前她跟戴容儀相處的往事，她聽完後，就願意相信我的話了。」趙旻輕描淡寫，目光聚焦在她臉上，「聽說妳今天在店裡昏倒，是言嵐方陪妳去醫院。」

她心頭一緊，「嵐方告訴你的？」

「不是，今天他沒在筆電裡留話給我，是妳表姊告訴我的。」瞧瞧桌上還剩一大半的合菜，趙旻問：「我可以吃一點嗎？我快餓昏了。」

「可以，你儘管吃。」江燦心為了給她補充營養，一口氣點太多菜，但她沒什麼食慾，有人能幫忙吃這些菜也好。

「謝了。」趙旻拿起湯匙，將盤子裡的鮭魚炒飯盛進碗裡，再用筷子夾起幾片高麗菜跟魚肉，安靜地享用一會兒後，才開口關心：「今天妳為什麼會昏倒？莫非言嵐方說了什麼讓妳大受打擊的事？」

戴芮芮沒有吭聲。

趙旻定睛看她，「難道他承認跟妳妹妹確實有秘密？」

她搖頭，疲憊地否認，「我還沒有問他容儀的事情，不過他有承認，當年和我交往時，他曾想過要自殺。他說，他身上有一個秘密，那個秘密導致他跟哥哥關係決裂，並讓他動起輕生念頭，而他沒有勇氣告訴我那個秘密是什麼，只好說謊騙我。」

趙旻不置一詞，認真等她說下去。

戴芮芮吸吸鼻子，眼眶逐漸發熱，「其實我有一件事隱瞞了你。十年前的跨年夜，我妹妹去學校見嵐方前，在我的飲料裡下了安眠藥，讓我昏睡過去。我之所以說不出口，是因為只要憶起這件事，我就會想，害死容儀跟嵐方的人會不會是我？是不是他們在我不知情的情況下，早就有了接觸，甚至對彼此產生感情？因為對我感到太愧疚，才決定攜手走上絕路？這個結果對我來說，比遭受背叛還要更令我痛苦，因為這等於是我逼死他們的。可是，嵐方今天卻親口跟我說，這一生他除了我，沒有喜歡別人，他說得很誠懇，我卻不敢真的相信，因為如果信了，不就表示我認同最大的問題，其實就在容儀身上？我又要如何去承認，這輩子我最疼惜的妹妹，真的有過想傷害我的念頭？」

戴芮芮潸然淚下，最後泣不成聲。

趙旻默默坐到她的身旁，這次不再是遞紙巾，而是直接用手指輕柔替她拭去臉上的熱淚。

這番溫柔舉動，讓戴芮芮立刻停止哭泣，迎上他那對專注的深邃眼眸。

「在今天之前，我一直認為我是最無辜的受害者，但現在我發現，妳痛苦的程度並不亞於我。看妳這樣傷心，我竟也不太好受，感覺是我害妳遭受更大的折磨，對妳感到很抱歉。」

戴芮芮不禁傻住，她沒想到趙旻會說出這樣的話。

發現趙旻的臉比平時還要靠近，她很快別過眼睛，尷尬拉開兩人的距離，臉頰溫度微微上升。

「謝謝，我自己來就可以了。」她口氣僵硬，拿起桌上的乾淨紙巾，將淚擦乾，努力收拾好情緒，「其實你不用這麼想。事實上，確實是我妹妹跟我前男友將你拖下水，所以我對你也很過意不去。」

他淡淡問：「那妳還有辦法繼續下去嗎？」

她闔上眼睛，深吸一口氣，沉默良久才慎重點下頭。

「可以，雖然我心裡確實很痛苦，但今天跟嵐方重逢後，我也想通一件事。就像趙旻你說的，他們的靈魂會在十年後的此刻出現，必定不是偶然，也許就是為了讓我一窺當年的真相，他跟容儀才會用這種方式出現，這就表示，我是註定要知道這一切的，既然如此，那我沒理由繼續逃避。更重要的是，我已經深深悔恨過一次，不能再錯過了。我相信容儀跟嵐方都有想讓我知道的事，所以這次我一定會好好聽他們說，無論那些話會不會傷害到我，又會不會讓我更痛苦。」

語落，她回頭再次對上那雙眼，「所以趙旻，這次換我求你，請你助我一臂之力。雖然我無法肯定，容儀跟嵐方會纏上你，就是為了讓你來找我，但只要我能在這段時間走進他們的內心，填補他們的遺憾，我相信你的情況一定會有所好轉。」

看著她眼裡的堅決，趙旻目光久久不動，最後說：「好，我答應妳。」

# 第三章〈秘密〉

晚上江燦心到家裡過夜，聽著言嵐方今日對戴芮芮說的話，並得知戴芮芮已經決定跟趙旻合作，她面色凝重，一時半刻沒作聲。

「妳打算怎麼跟他合作？」江燦心神態嚴肅，「趙旻可以透過每天看見的記憶，逐步接近當年的真相，那妳要做什麼？就只是確保容儀跟言嵐方不會在這段時間傷害趙旻嗎？」

「不，跟趙旻談過後，我也決定從他們身上調查一些事。」

「什麼事？妳不是說，現在的容儀跟言嵐方沒有跨年夜那日的記憶，甚至十年前的今天，他們都還沒有接觸，這樣妳要怎麼調查？」

戴芮芮深吸一口氣，說出心中的打算，「我不是要從他們身上問出對方的事，我想調查的是，當年讓嵐方不惜對我說謊，甚至動起輕生念頭的那個『秘密』，到底是什麼？如果容儀跟這個秘密也有那麼一點關係，那我更必須要知道；而我也想問問容儀關於林晟的事。」

「林晟？」江燦心一愣，「妳死去的那個堂哥？為什麼要向容儀問他？」

「我只是在思考容儀身上的謎團時，想起從前她拚命躲著林晟的那個時期。當年是容儀對林晟的態度有了天翻地覆的轉變，我跟爸才會發現她變得厭惡男性，並且有越來越嚴重的趨勢，所以我有點好奇，容儀變成這樣，跟林晟會不會有關係？這兩件事情，趙旻未必能從他們的記憶裡看見，但是我可以從本人口中問出來，不是嗎？」

江燦心沒有回答，看不出是否贊同她的做法。

戴芮芮繼續說下去：「燦心，這十年來，我心裡一直有個猜測，只是從不敢真正去正視。我懷疑過，容儀其實沒有恐男症，不然就是她後來有治好這個毛病，卻故意瞞著我們，否則，當年她怎麼會不惜下藥讓我昏睡，也要跑去學校見嵐方？這實在很不合理。現在我越來越相信，命運安排我們這樣重逢，是為了讓我找到這些答案；如果這真的是他們出現在趙旻身上的原因，那等我知道了他們的秘密，他們或許也就能離開趙旻，妳說對不對？」

見江燦心依舊不吭一聲，戴芮芮忐忑問：「妳不認同我的想法嗎？」

「不，我也覺得妳的推論很有道理，我只是擔心……如果真相太殘酷，妳會承受不住。」她輕聲說出最深的擔憂。

戴芮芮莞爾一笑，「妳放心，當我決定跟趙旻合作，就做好心理準備了。哪怕最後的真相是容儀恨我，嵐方也沒愛過我，我都能接受，我只希望這一次可以面對最真實的他們。這不光是為了我們三人，更是為了趙旻，他的情況很急迫，我不能眼睜睜看著他的人生被容儀跟嵐方奪去，不管有什麼方法，我都得試試。所以妳相信我吧，我需要妳的支持跟協助。」

「妳真的能完全相信趙旻？」

「嗯，我決定相信他，也希望妳能信任他。」

江燦心闔上濕潤的眼睛，低聲說：「我明白了。這件事妳應該還沒有讓姨丈知道吧？妳會告訴他嗎？」

「先別讓我爸知道，昨天容儀才告訴我，她不想讓我爸看到她現在這個樣子，為了不打草驚蛇，請妳替我隱瞞。」

「知道了，我會跟姨丈保密的。」江燦心一口應允，話鋒一轉，「妳在醫院時跟我說，趙旻現在被附身的時間，一天是十二小時對吧？」
「對，怎麼了？」
「下個月就跨年了，我們也不曉得到了三十一日那一天，會不會真的發生什麼事。倘若容儀跟言嵐方真的在那天想起一切，然後跑去學校，使得趙旻陷入危險，那就不妙了。以防萬一，我建議從明天開始，讓趙旻留在妳的視線範圍，最好每天早上醒來，就能讓他看到妳的臉。」
戴芮芮呆了一呆，「妳的意思是……」
「從明天起，到跨年夜那一天，讓趙旻住進妳這裡。」江燦心神態肅穆，沒有半點玩笑意味，「我知道妳沒辦法把餐廳的事丟給明真店長一個人，所以真心覺得這個辦法是最好的。只要趙旻住進來，妳不僅早上就能見到容儀和言嵐方，下班後也能馬上見到趙旻，向他確認他們的記憶，不用再浪費時間奔波。而且我相信，容儀見到妳之後，一定非常想要待在妳的身邊。讓她跟妳一起生活，比起時時刻刻監視她，我認為更能降低她企圖脫逃的可能性。」
戴芮芮萬萬沒想到她會提出這樣的建議，錯愕不已。
「話、話是沒錯，但是妳說讓趙旻搬進我這裡，這未免太……」

「我當然知道讓妳跟一個剛認識的男人同居，是多麼危險的事，但我會這麼提議，也是為了另一個原因，妳不是想要向容儀跟言嵐方問出他們的秘密？這必然不是件容易的事。如果妳想在跨年夜前得到答案，就要從現在起多花點時間跟他們相處，這樣妳才有機會走進他們的內心，讓他們願意對妳坦白。」

江燦心緊緊握住她的手，語重心長道：「芮芮，相信我，我比妳更不想讓妳這麼做，我根本就不了解趙旻是什麼樣的人，怎麼可能真心想讓妳跟他孤男寡女共處？但是，妳希望我能相信他，所以我也決定賭一把，希望妳能理解，我現在對妳提出這種建議，內心也非常煎熬。」

江燦心冰冷的指尖，讓戴芮芮感受到她的不安。

她當然知道江燦心不會害她，而且江燦心也沒有說錯，現在的她已經沒有時間猶豫，既然決定相信趙旻，她就該自己承擔一切後果。

「謝謝妳，燦心，妳的提議很好，就這麼做吧。」戴芮芮看一眼手機上的時間，「現在十點半，趙旻應該還沒睡，我現在就聯絡他。」

「可以讓我跟他說嗎？」

戴芮芮點頭，動手撥出趙旻的電話，把手機交給她。

江燦心一開啟擴音，趙旻就接起了，江燦心也不拐彎抹角，立刻將這個計畫告訴他，詢問他的意願。

趙旻毫無猶豫，乾脆地答應下來：「如果戴芮芮不介意，我沒問題。」

戴芮芮嚥嚥口水，湊近手機說：「那趙旻，明天晚上九點，請你在我的餐廳門口等我，可以嗎？」

「可以。」

看了戴芮芮一眼，江燦心嚴肅發話：「趙先生，芮芮是我最重要的表妹，你應該知道，我是抱著多大的決心，才對你提出這樣的建議。我看你是個聰明人，必然會懂我在說什麼。」

「我懂。」趙旻依然沒有遲疑。

似是放心了，江燦心的態度緩和許多，「那我就相信你了。我會請芮芮把我的電話給你，這段期間，若芮芮有什麼事，或是有需要協助的地方，可以隨時通知我，我會竭盡所能幫忙。」

「好，謝謝妳。」

結束通話後，江燦心鬆一口氣，似乎對趙旻的態度感到滿意，「我原本想，要是他剛才有表現出一絲猶豫，或是讓我感覺他在裝傻，這件事就當我沒說過。如果他真心擔心自己的安危，就不敢在這種時候動歪腦筋。但以防萬一，我還是會每天聯絡妳，要是一天找不到人，天涯海角我都會飛奔過來。」

戴芮芮噗哧一笑，心裡感到溫暖，「我又不是小孩子了，讓妳擔心成這樣，我會過意不去，我保證會好好保護自己。現在我只希望，這件事能在妳結婚前順利解決，不然讓妳繼續為我的事操煩下去，我會無顏見妳未婚夫。」

說完這句話，她就看見江燦心掉下眼淚，大驚失色，「我說了什麼讓妳想哭的話嗎？」

「沒有啦，我只是不捨妳發生這樣的事情。」江燦心迅速整理好情緒，沒有多說，「妳今天才進醫院，明天又不肯請假，那就早點休息，快睡吧。」

在她的催促下，戴芮芮關了臥室裡的燈，跟她躺在同一張床上。

「我們是不是很久沒有一起睡了？」戴芮芮懷念笑道。

「對呀。」

「記得從鄉下回來的那幾年，妳擔心我會觸景傷情，跨年那天都會跑過來陪我一起睡。」她心中不無感慨，「不知道為什麼，自從容儀走了，我也變得跟她一樣，無法撐過十二點睡。趙旻出現的那一天，是我這幾年來第一次醒著到天亮。」

見江燦心遲遲沒回話，戴芮芮以為對方睡了，結果下一秒就聽見她開口。

「芮芮，今天妳提到我們小時候去溪邊玩，因為發生衝突，害得容儀掉進水裡，妳還記得我們當時是為了什麼而吵架嗎？」

戴芮芮回想了下，「……這我倒是不記得了，妳記得嗎？」

「我記得。小時候我特別喜歡跟妳一起玩，因此偶爾會嫉妒容儀，覺得她很礙事。那天在溪邊，我向妳提議把容儀丟下，一起到別的地方戲水，妳告訴我，如果我要這樣對容儀，妳也不會再理我，我們就這樣大吵一架。容儀溺水後，妳跟我冷戰三個月，最後是容儀看不下去，苦苦哀求妳原諒我，妳才跟我和好。」

戴芮芮大感意外，「跟妳冷戰三個月？真的嗎？我以前真的那麼會記恨？」

江燦心輕哂一聲，視線幽暗，戴芮芮看不清她此刻的表情，「不是妳本身愛記恨，而是只要牽涉到容儀的事，妳就會變了個人。以前的妳，幾乎把容儀看得比自己的命還重要，甚至可以為了她與所有人為敵。只要有人欺負容儀，妳都不會輕易原諒。所以當我對妳說那種話，還害得容儀差點沒命，妳當然會那麼做。

如果容儀沒有幫我求情，妳大概這輩子都不會再跟我說話了。」

「這怎麼可能？那只是小時候不懂事。」

戴芮芮嘴上笑著，心裡卻覺得疑惑。

過去她是很維護容儀沒有錯，但是真的有像江燦心說的如此偏激嗎？

這時江燦心又問：「妳真的認為容儀會恨妳嗎？」

她過一會兒才回應：「我當然不願意這麼想，但經過那件事，我也無法百分之百肯定了。」

「妳知道在我眼中的容儀，是什麼樣子的嗎？」江燦心輕聲說：「她是我見過最善體人意，最懂事的好女孩。妳待她有多好，容儀不可能不知道。別的事我不確定，但我可以保證，容儀非常愛妳，絕不會有想傷害妳的念頭。」

儘管這只是江燦心的個人想法，戴芮芮還是濕了眼眶，多了些許信心。

「謝謝妳，燦心，有妳這句話，我放心多了。」

「不用謝，我說的都是事實，妳很快就會知道的。睡吧。」

江燦心握住她的手，語氣溫柔。

沒問她為何有如此把握，戴芮芮很快就被一片睡意籠罩，闔眼進入夢鄉。

隔天早上，她幫江燦心做一頓豐盛的早餐，江燦心吃完直接去上班，戴芮芮繼續整理一下家務，也在九點多跟著出門。

發生昨天那件事，免不了被店長及店員們關心一番。

儘管沒有全程聽見她跟言嵐方的對話，小毅還是一秒猜出趙旻是她的男友，戴芮芮不知道怎麼搪塞過去，只好硬著頭皮承認，表示兩人吵了一架，已經言歸於好，為引起騷動一事向他們慎重道歉。

「芮芮姐的男友，幾天前好像也有來這裡吃飯，我記得妳還有去問他對餐點滿不滿意，當時你們的互動很客氣，看不出是男女朋友。」

晴雯記憶力極佳，馬上想起趙旻三天前有來過店裡，實際上那是戴芮芮跟趙旻第一次見面。

「喔，那是因為……他想給我一個驚喜，所以突然來店裡，我不好意思讓你們知道他是我男友，所以沒有特別表現出來。」她繼續說謊，在心裡捏了一把冷汗。

「有什麼不好意思的啦，芮芮姊太見外了。不過幸好你們已經和好，昨天妳真的把我們嚇壞了，我從來沒看過妳那個樣子。是不是妳男友做了對不起妳的事？才害妳難過到昏過去？我可以幫妳教訓他。」小毅邊說邊作勢捲起袖子。

「小毅你別再添亂了，快去準備營業。」吳明真輕敲他的頭，等他跟晴雯都離開廚房，她仔細打量她的臉，「芮芮，妳真的沒事了？」

「嗯，真的很抱歉，我不該把私人的事帶到職場上，我保證這種事不會再發生。」她懺悔道。

「別這麼說，人難免會有情緒失控的時候，只是妳昨天的樣子，真的讓我很擔心。不管怎樣，妳一定要好好照顧自己的身體，否則等妳父親回來，我會不知道怎麼跟他交代。」吳明真失笑。

「好，我會的。」她鄭重應允。

這天，戴芮芮又是最後一個離開餐廳。

當她把鐵門拉下，耳邊就傳來一聲叫喚，她轉頭迎上一對深邃黑眸。

「辛苦了。」趙旻對她抬起一隻手，淡淡對她說。

「喔，你、你來了？」

她不小心結巴，發現他的身邊只有一只灰色行李箱，好奇問：「你的行李就只有這些？」

「對，我先帶一些必要物品，若還需要什麼，我再找時間回去拿就好。」他看了眼緊閉的鐵門，「妳都是最後一個下班？」

「對，我習慣把餐廳裡的那些植物整理好才回去，這是我負責的。」

趙旻點點頭，「妳家裡離這裡遠嗎？」

「不會，搭公車只要五站就會到。公車站牌在那邊，十分鐘後公車就來了。」她伸手指向附近不遠處的一座公車站牌，那裡站著幾個等車的人。

最後趙旻沒有拉行李箱去到那裡，而是到馬路邊招一台計程車，車子一停在眼前，他主動幫她開門，讓她先上車。

「妳昨天才進了醫院，不要勉強自己。」

在車上，趙旻這麼跟她說。

「謝謝。」戴芮芮莫名有些坐立難安，「昨天不好意思，我表姊突然對你提出這種要求。」

「不會，妳表姊是真心想幫我們才這麼做。這個決定對妳們必然不容易，尤其是妳。為了幫我，妳都願意做到這種地步，我若還有意見，就太不識好歹了。」

這一刻，戴芮芮發現自己對趙旻的感覺，又有點不一樣了。

趙旻不僅比她所想的還要明事理，也比她想像中更體貼。

抵達她住的公寓後，戴芮芮立刻帶他熟悉環境。

最後她指著一扇沒有裝門簾的褐色門扉說：「這裡是客房，你就用這一間房間吧，裡頭有獨立衛浴，我已經幫你準備一套男性的衛浴用品在裡面，你可以隨意使用。」

聞言，趙旻忽而看她一眼。

當下她沒有辨識出那抹眼神的含義。

「謝謝。」趙旻仔細審視這間屋子的格局，「妳是跟妳父親一起住吧？之前我有聽妳對戴容儀說，他人目前在泰國，這段期間他不會突然回來嗎？」

「不會，我爸最快明年一月下旬才會返台，若他臨時回來，也會提前通知我，所以不必擔心被他知道。」

「我明白了，等會兒我有事要跟妳說，我去放個行李，馬上就出來。」趙旻拎起行李箱，開了客房的門走進去。

他出來後，選坐在客廳的單人沙發上，跟戴芮芮保持著伸手無法觸及的距離。

「你要跟我說什麼？」戴芮芮好奇。

「今天附在我身上的人，還是言嵐方，而我一樣沒有從他的記憶裡發現異樣。」他語速飛快地說道：「我醒來後看了監視器影像，言嵐方今天沒有出門，但是有在筆電裡留言給我，他拜託我前來關心妳的情況。昨天妳進了醫院，應該讓他很擔心，卻又沒勇氣再去找妳，這讓我挺慶幸昨晚沒有留言給他，告訴他我今天要搬進妳這兒，如果他知道了，不知道會不會為了躲妳，跑去連我都不知道的地方。假如明天還是他，妳可能要花點心思，說服他乖乖留下。」

被他這麼一說，戴芮芮也開始覺得有這個可能。

她鄭重點頭，「我知道了，那你也有給容儀留話嗎？」

「有，我一樣寫在給她的筆記簿上，但這部分我倒是不擔心她，可以跟妳一起住，她應該是求之不得。倘若明天是她出現，我想她會很開心的。總之，不管明天出現的會是誰，都要請妳小心，別讓他們知道彼此的存在。」

「我會的，你不用擔心。」

「謝謝，這段時間妳會比較辛苦，若有我能配合的地方，妳儘管開口。那我就先回房了。」趙旻說完就要起身。

「等等，你要喝杯咖啡嗎？我有幫你準備。」她衝口而出。

趙旻停頓一下，沉聲說：「不用了，我今天不喝，妳不需要另外為我做這些事。早點休息吧，晚安。」趙旻離開客廳，完全沒有要多聊的打算。

洗完澡回到房間，戴芮芮關上門，忍不住用雙手往自己發燙的臉頰重重一拍。好丟臉。

為了挽救自己的人生，趙旻一心一意在找尋解套的辦法，即使在這種自身難保的情況下，都還不忘考慮她的心情，盡可能不讓她感覺不自在，結果現在卻是她一直在做讓趙旻覺得尷尬的事。

和認識不到一個禮拜的異性同居，就已經夠荒唐了，為了維持良好的合作關係，趙旻這種作法是最適當的，她也非常清楚這一點。

但她的心裡為何就是會莫名鬱悶呢？

為何看到趙旻刻意跟自己保持距離，她竟會覺得有些失落？

她瘋了嗎？

戴芮芮再度用力拍一下自己的臉頰，火辣辣的疼痛，讓她停止繼續思考下去。

離「那一天」已經沒剩多少時間，從明天起，她必須連同趙旻的份一起努力，找出圓滿解決這件事的方法，不可以再胡思亂想了。

這晚逼自己早早休息，隔天不到六點，她就睜開了眼睛。

清晨六點半，她做菜到一半，聽見客廳傳來細微的聲響，旋即放下手中的器具，步出廚房。

身著單薄上衣跟長褲的趙旻站在客廳，轉頭與她四目相交時，原本茫然的神情轉為不可置信。

「容殷？」

戴芮芮一聽就知道，眼前的人是言嵐方。

「你嚇到了吧？這裡是我家。」戴芮芮開門見山道，「昨天晚上，趙旻搬過來了。」

他整個人入定，眼底一片震驚。

「為什麼？」

「是我拜託趙旻的。」她深呼吸，緩緩道出昨夜睡前想好的說詞，「我告訴他，我對你依然念念不忘，因此哀求他在這裡住上一段時間，讓我可以繼續和你相處。怕你會拒絕，所以我叫趙旻別事先告知你。」

他眼神木然，像是萬萬沒想到她會這麼做。

「你不願意嗎？跟我在一起，你會想要逃走嗎？」

「沒有，容殷，我……」

「趙旻告訴我，你可能對我心懷愧疚，你是應該愧疚，因為你，這十年來我一直活在悲傷之中。好不容易走了出來，你卻以這種方式再度出現在我眼前，讓我比過去更加痛苦。如果你真心覺得對不起我，就請你別再繼續逃避，從現在起試著彌補我。」

他的眼角輕輕抽動，吶吶回話：「我不知道怎麼做才能彌補妳，我已經死了，沒辦法再為妳做什麼了。」

「不，你還有一件事可以為我做。」她走近他，直直望進他的眼睛，「請你告訴我，讓你一直想要自我了斷的那個秘密是什麼？倘若你是因意外而走，我還不會這麼難以釋懷，可你偏偏是選擇自殺，我才會如此痛苦，甚至直到現在，我依然會想是不是我做錯什麼，才會逼得你用這種方式離開。」

「當然不是，我說過絕對不會是妳的關係。」他大聲澄清。

「那你就說出來！」戴芮芮跟著提高音量，情緒激盪，「除非你親口告訴我那個秘密，不然我是不會信的，這就是你唯一能彌補我的方式。你不答應，就等於是想看著我繼續痛苦；要是你想從我身邊逃走，我不會阻止你，但你也要有這是最後一次見到我的心理準備。」

聽出她話裡的不祥之意，趙旻的臉色霎時變得難看。她並不想用這種激烈手段威脅言嵐方，但經歷了那段過去，她很明白若不做到這個程度，言嵐方是不會屈服的。

果不其然，言嵐方動搖了，他掙扎整整一分鐘，終於點下頭。

「好，我告訴妳。」他的聲音幾不可聞，「但……妳能給我一點時間嗎？這個秘密對我來說，真的不是那麼容易啟齒的事。」

戴芮芮這次不再堅持，爽快同意：「沒問題，我會等你。我拜託趙旻住到下個月，希望你能在這段期間給我答覆。請你對我有些信心，事到如今，我根本不怕你有多麼危險的秘密，我只怕你直到最後都還是選擇騙我。」

聞言，他心軟了，再次頷首，「我知道了，我答應妳。」接著，他語氣透出一絲悵然，「原來我真的是自殺的……妳可以告訴我是怎麼發生的嗎？我是在哪裡自殺的？」

看到言嵐方忽然對這件事有了興趣，她很快想起跟趙旻的約定，不動聲色道：「等你把你的秘密告訴我，我也會告訴你。」
他默然，吁一口氣，「我明白了。」
「好，那麼……我們吃早餐吧，今天我做了西式早點，我有準備奶茶跟紅茶，你想喝什麼？」抬手擦去眼角的淚，戴芮芮就要回廚房，手卻被一把抓住，整個人被拉進一片寬厚的胸膛裡。
言嵐方緊緊擁住她，在她耳邊說：「害得妳那麼痛苦，真的很對不起，容啟。」
戴芮芮腦袋空白，耳邊傳來清晰的心跳聲。
不曉得是因為趙旻的臂膀太過溫暖，還是因為從言嵐方口中聽見這句晚了十年的道歉，她很快又淚眼模糊，再也壓抑不住情緒，在對方懷裡嚎啕大哭起來。
吃完早餐，窗外天空轉瞬間烏雲密布，不一會兒就下起大雨。
把準備給言嵐方的便當放進冰箱，戴芮芮就準備出門上班，言嵐方親自送她到門口，問她一句：「今天我可以再去妳店裡嗎？」
戴芮芮思量了下，心想應該沒什麼不可以，便同意了，「那你兩點來，我請你吃下午茶，但你怎麼忽然想再去？天氣預報說今天會下整天的雨，待在家裡不會比較好？」

「我只是想要有多一點時間跟妳相處，妳晚上下班後，趙旻也回來了吧，我也不知道下次何時出現，所以我想好好把握今天。」

他眉眼彎彎，牽起她的手，「我從沒想過還能這樣繼續和妳在一起，感覺像在作夢，真的好開心。」

戴芮芮呆愣兩秒，難為情地別開眼睛，「我、我也很開心。我該走了，公車快來了，下午見。」沒等他回應，她快步離開了公寓。

在公車上，戴芮芮從車窗的倒影中看見自己紅透的面頰，腦中一團混亂，分不清自己現在是為了誰臉紅心跳。

她是不是把這一切想得太簡單了？

為了走進言嵐方的內心，讓他心甘情願說出秘密，兩人或許會回到從前的關係，對此她有心理準備，問題是，她似乎還沒真正做到把趙旻當作言嵐方，再怎麼清楚對方的內心是言嵐方，外貌終究還是別的男人。因此當她看見趙旻用那種深情款款的眼神凝視自己，用溫柔的語氣對她說出那些話，戴芮芮竟一度無法控制自己的心跳，甚至因為害羞，而不敢繼續直視那雙黑眸，忍不住落荒而逃。

從前跟言嵐方在一起，她好像也不曾緊張成這樣，為何他只是變成趙旻的樣子與自己互動，她就會有這麼大的反應？太奇怪了。

最後戴芮芮只能安慰自己，倘若其他人遇到這種事，必然也會跟她一樣不知所措。她必須盡快適應這一切，否則若被趙旻發現什麼，那就不妙了。

下午兩點，言嵐方準時出現在餐廳。

趁店裡暫時沒其他客人，吳明真讓戴芮芮陪他一起用下午茶，小毅沒放過這個機會，跑去加入他們，個性自然熟的他，很快就跟言嵐方聊得不亦樂乎。

「我可以叫你趙旻哥吧？你跟芮芮姊是什麼時候交往的？我們完全不知道她有男友耶！」

戴芮芮這才驚覺忘記事先告訴言嵐方，她向店裡的人表明趙旻是她的男朋友。

言嵐方卻不以為意，笑盈盈回了一個與事實稍有出入的理由：「我跟芮芮從前交往過，一個月前，我們意外重逢，我把她追了回來，不久前才決定重新交往，連我們認識的朋友都還不知道，芮芮可能也覺得不需要特別去說吧。」

「原來是這樣，那你為何喜歡芮芮姊？她哪一點最吸引你？」他越問越深入。

「芮芮的一切我都很喜歡。」言嵐方眼神一深，緩慢說：「為了守護重要的人，芮芮可以傾盡一切，甚至不惜與全世界為敵，她的這一點最吸引我。」

戴芮芮心中一凜，想起江燦心也說過同樣的話。

「咦？芮芮姊是這樣的人嗎？」小毅看起來有點意外。

「我想，只有過去就認識芮芮的人，比較有這種感覺吧。芮芮從以前就很聰明能幹，她應該是個很優秀的副店長，對不對？」

不知是否多心，言嵐方後面的話鋒一轉，聽在戴芮芮耳裡，竟有點像是在故意岔開話題。

小毅倒是沒有察覺，得意洋洋道：「當然嘍，我們店長說，這裡現在能變成年輕人的熱門餐廳，全拜芮芮姊所賜。她設計的 Nina 一系列點心很受歡迎。不僅如此，你現在在這裡看到的每一種植物，也都是芮芮姊親手負責裝飾照顧的，很多網美都會專程跑過來拍照呢。」

「你說的 Nina 系列點心就是這個？」言嵐方指指剛送上桌的一份蜜糖吐司，上頭有豐富的新鮮水果，再以冰淇淋、餅乾、棉花糖，以及白奶油跟巧克力粉裝飾點綴，外型賞心悅目，吃起來更是美味可口。

「對，這是我們 Nina 系列的熱門甜點第一名。」

「難怪，我就想這蜜糖吐司未免太好吃了。」言嵐方讚不絕口，接著說：「是因為店名是『Nina 的家』，才會是 Nina 系列吧？但為什麼是 Nina ？難道是店長的英文名字？」

小毅搖頭，「不是，趙旻哥不知道嗎？Nina 是芮芮姊的……」

戴芮芮手裡的叉子這時掉落在地上，發出刺耳的聲響，她匆匆道：「不好意思，我手滑了。小毅，你可以幫我再拿一支乾淨的叉子嗎？」

「沒問題！」小毅跑去拿新餐具給她，剛好就有其他客人上門，小毅立刻上前招呼對方，沒有接續這個話題，讓戴芮芮鬆了一口氣。

有關「Nina 的家」，小毅跟晴雯，甚至是吳明真，僅知道這是戴芮芮為了紀念早逝的妹妹，特別與戴世綱一起取的名字，其他一概不知，如果她沒有故意讓叉子掉在地上，小毅一定會在言嵐方面前說溜嘴。

吃完下午茶，時間來到四點，言嵐方主動提議要先回去，戴芮芮也認為這麼做比較好，便同意了。

兩人站在餐廳門口，她叮嚀道：「雨還是挺大的，你小心一點，若有什麼事，打手機給我……對了，你能用趙旻的手機嗎？」她忽然想起這件事。

言嵐方搖首，「他沒讓我使用他的手機，我也不曉得他都把手機收在哪裡。但沒關係，現在我會接觸的人就只有妳跟他，妳若有事找我，就打家裡電話，只要響兩聲，我就知道是妳，我會馬上打回去；既然趙旻搬去妳那裡，我也會盡量小心，減少外出，以免被認識妳的人撞見，給妳造成困擾。」

基本上，只要這件事不傳入父親耳裡，戴芮芮並不介意旁人怎麼想，但言嵐方這番言論，讓她感覺到他是真心在為她著想，不由得感到溫暖，一度有些鼻酸。

言嵐方依舊如她記憶中的一樣謹慎細心、體貼入微。

「我可以抱你一下嗎？」那份感動，讓她情不自禁就脫口而出。

他先是意外，而後燦爛一笑，伸手將她攬入臂彎之中。

這次在他懷裡，戴芮芮閉上眼睛，一心只想著言嵐方，不去思考其他的事。

兩人分開後，言嵐方仔細打量她一下，改口喚她本來的名字：「容殷，妳是不是長高了？」

「喔，對呀，我比十年前高了五公分左右。」

「真的，那妳不就跟妳妹妹一樣高？」他笑得瞇起眼睛，「這讓我想起來了，妳妹現在過得怎麼樣？妳們怎麼沒一起住？她恐男症的毛病已經治好了嗎？」

戴芮芮靜靜與他對視片刻，「嗯，容儀的恐男症，在她念大學的期間就完全治好了，她畢業後出國念書，之後就在國外定居。」

「哇，那真是太好了。」他驚喜，那副為戴容儀高興的表情，一點也不像是虛假的。他輕撫戴芮芮的臉頰，「我就知道妳妹妹一定會好轉起來，從前看妳那麼為她操心，其實我很心疼，現在妳終於可以放心了。只可惜……我來不及認識妳妹妹。」

那雙手的溫度，讓戴芮芮恍惚了幾秒，她啞聲說：「你有問趙旻，我為什麼決定改名字嗎？」

他的笑容變淡一些，慢慢收回手，「我不敢問。」

「為什麼不敢問？」

「……我這麼說，可能聽起來有點自戀。但當趙旻告訴我妳已經改了名字，我就忍不住想，原因跟我的離開會不會有那麼一點關係，所以我沒勇氣問他，更沒勇氣問妳。」

「原來如此。我會改名字，純粹是我爸想為我祈福改運，跟你沒有關係，不必放在心上。」她寬慰他，決定結束這個話題，「好了，你快回去吧，記得打我的手機，讓我知道你有平安到家。」

「我會的，那我走了。」

打開從家裡帶出的折疊傘，言嵐方離開沒幾步，又突然折回到她面前，在她的額頭落下輕輕一吻。

「謝謝妳，容殷，今天我很幸福，希望明天就能再見到妳。」

說完這句話，言嵐方就快步跑向公車站牌，搭上正好抵達的公車，最後消失在她的視線裡。

嘴角嚐到淚水的味道，戴芮芮才發現自己哭了。

那句「今天我很幸福」，讓她感受到一股強烈心痛，萬萬沒想過有一天還能聽到言嵐方說出這樣的話。

無論最後的真相是什麼，此時此刻，她只希望這句話是出自他的真心，而不是另一個謊言。

晚上九點，戴芮芮拉下餐廳鐵門，看到走到身邊的某個人影，雙眼微微瞠大。

「辛苦了，我隨手拿妳家門口的這把傘用，不介意吧？」趙旻神態淡然，身上換了一件外套，手中的傘也跟下午的不同，是戴世綱過去專用的墨綠色大傘，那顏色意外地跟趙旻很是相襯。

「不、不介意。」她心一跳，「你怎麼會來這裡？難道你是專程來接我的？」

「嗯，反正我沒什麼事。妳平常都這時候才下班，有人陪同，會比較安全。」

她一直以為趙旻有意跟她保持距離，為何現在又忽然做出這種舉動？

很快她想到一個原因。

「抱歉，明知道你現在的時間很寶貴，我還拖到這麼晚，你應該很想趕快知道今天發生的事吧？下次我會盡量提早回去。」

「不用，就照妳平常的步調，不需要為我改變。」他的嗓音平穩低沉，「直接回去嗎？要不要去哪裡坐一坐？」

戴芮芮懵住，覺得趙旻今天確實不太對勁。

她答應後，兩人直接到之前去過的咖啡廳。

看著趙旻不帶表情的眉眼，戴芮芮百感交集，一種奇妙的感覺在心底滋生。

「今天跟言嵐方談得不順利嗎？」

見她沉默不語，趙旻主動開口詢問。

「沒有，很順利。」她坐直身子，快速報告今日的進度，「我跟嵐方說，你會暫時住在我家，直到他願意對我傾吐他的秘密，他答應會告訴我，只求我給他一點時間。今天他還主動向我問起容儀，以防萬一，我先騙他容儀在恐男症治好以後就出國讀書，現在在國外過得很好，他的反應很欣慰，還對沒機會認識容儀感到惋惜……我不確定他是否有騙我，但我真的感覺不出他是在演戲。」

「是嗎？」趙旻喝一口咖啡，「那妳就先試著相信他吧，畢竟十年前的今天，他也還沒跟戴容儀有接觸，不過有一個看起來跟他年紀相仿的男生，在這一天跟他見面。言嵐方跟這個人聊的內容，讓我覺得跟妳想要知道的秘密可能有關係。」

他冷不防投下的震撼彈，令她一陣錯愕。

「真的？你知道那個男生是誰嗎？」

「不知道，但他似乎也認識言蔚庭。我感覺言嵐方很信任這個人，他對那人說的話，讓我懷疑他會有自殺念頭，跟這件事脫不了關係。」

戴芮芮心跳加速，緊張地攥緊拳頭，「嵐方……跟那人說了什麼？」

「言嵐方說，他的體內有一隻怪物。」趙旻靜靜看著她的眼，一字一頓道：「那隻怪物會讓所有愛他的人陷入不幸，所以他想讓那隻怪物消失，卻做不到，而他找到了可以幫他殺掉那隻怪物的人。」

聽完這段詭異的話，一股寒意慢慢襲上戴芮芮全身。

「他指的是誰？」

「我不曉得，言嵐方沒有說。當我得到他的這段記憶，就猜到妳必然不知道這件事。」

趙旻從戴芮芮蒼白的臉色，證實了答案，下一秒單刀直入問：「妳現在想的事，跟我應該是差不多的吧？言嵐方所謂能幫他殺掉怪物的人，有可能就是妳妹妹。」

戴芮芮雙唇顫抖，頓覺一陣心悸，有些想吐。

「為、為什麼？」她強忍暈眩，大膽臆測，「難道嵐方跟容儀之間……並非我所懷疑的那樣。是嵐方他為了自殺，不惜利用容儀，結果害死了她，是這樣嗎？」

「還不能斷言，這只是推測，不一定是事實。」趙旻安慰她，但沒有否認她的說法，表示他確實與她想法一致，「雖然我對言嵐方的說法感到奇怪，但是用另一人的命，來讓自己自殺成功這種事，我不覺得他真的做得出來。而且，光是他選擇利用戴容儀，就已經讓人匪夷所思了。儘管還有不少疑點，但我想可以先撇除掉言嵐方跟戴容儀殉情的這個可能，接下來，就看他們兩人後面還有怎樣的記憶，以及言嵐方是否真的會對妳吐實。」

戴芮芮思緒空白，再也說不出一句話。

離開咖啡廳時，下了一整天的雨，終於有停歇的跡象。

心不在焉的戴芮芮，走到一半不慎腳滑，趙旻及時抓住了她，才沒讓她摔跤。

「沒事吧？」

「我沒事，謝謝你。」

站穩腳步後，她發現趙旻沒有鬆開他的手，轉身繼續步行，心跳微微加速，而她不知為何也沒有開口提醒他，就這麼溫順地讓他牽著走。

當趙旻手心的溫度毫無隔閡傳遞到她的心窩，她也憶起今日他的嘴唇貼上她額頭的溫熱觸感，就算真正吻她的人是言嵐方，這一刻她還是不由自主紅了臉頰。

為了緩減這令她緊張的氣氛，她主動打破沉默：「你有把筆電帶到我家來嗎？嵐方今天有沒有留話給你？」

「有，他說今天有來店裡找妳。戴容儀的筆記簿我就沒帶了，反正她不可能留話給我。」他頭也不回地說。

這時她冒出一個想法，好奇問：「難道你……是看到了嵐方的那段記憶，並得知他今天也有來餐廳找我，擔心他會對我說什麼，才特地來接我？」

趙旻過一會兒才回答：「妳要這麼想也行，但我確實也是因為沒事做，才決定出來走走的。」

她覺得趙旻是個特別的男人。

面對這樣離奇的事，就算會被他責怪或是遷怒，她也無話可說，但趙旻從來就不會刻意刁難她，總是理性冷靜地處理這一切，還會站在她的立場為她著想。

戴芮芮開始想要多了解他一點。

「你之前從事什麼工作？」

「工程師，從事研發的。」

「那你平時的興趣是什麼？有什麼愛好嗎？比如喜歡吃的食物？」看見趙旻投過來的視線，她尷尬澄清，「我單純好奇，沒什麼意思，你不想說沒關係。」

「我只有運動這個興趣，平時下班，我會去跑跑步，或是上健身房。」他不甚在意，爽快回答，「至於喜歡吃的食物，我現在只想得到位於我家巷口的一間中式早餐店，我很喜歡他們的油條蛋餅跟米漿，偶然間吃過一次，我就決定搬去那裡了。」

「你為了那間店的早餐，特地搬到那條街？」戴芮芮瞪大眼。

「那時我剛好從家裡搬出來，住在那一區的朋友介紹房子給我，加上那間早餐店離我公司也不算太遠，所以我就選了那裡。」他雲淡風輕地解釋。

「但你搬過來後，不就吃不到那家的早餐了？」

「自從我被附身，我就沒再吃到了。店家營業時我還沒醒，醒來後也早就打烊了。讓言嵐方幫我去買，也只能吃到涼掉的早餐，沒什麼意思。」

戴芮芮覺得過意不去，「對不起，趙旻。」

「幹嘛道歉？我又沒怪妳。」他撇撇嘴角，嘆一口氣，「只要事情能圓滿解決，吃不吃早餐都無所謂。情況比想像中棘手，越接近真相，妳可能會越不好受，但是妳不用一個人承擔。不管言嵐方和戴容儀有什麼秘密，我會一起陪妳面對。」

戴芮芮愣愣望向他淡漠的側臉。

趙旻為什麼要對她這麼好呢？

為何聽到他這句話，前一秒還忐忑惶恐的心，竟然不可思議地平靜許多。

當下她真的有一種感覺，無論前方等待她的是多殘酷的真相，只要有這個男人在，她就能撐過去。

# 第四章 〔姊妹〕

和江燦心傳完訊息不久，戴芮芮就接到一通視訊電話。

看見手機螢幕裡五官端正、笑容慈藹的男人，她心疼地說：「爸，你好像又瘦了，是不是工作太累？」

「是比較忙一點，但爸爸會好好照顧自己，妳不用擔心我。」戴世綱笑容慈藹，轉而關心，「最近還好嗎？有沒有發生什麼事？」

「沒有，一切都很好。」她面不改色地撒謊，心裡一酸，「爸，我很想你。」

「爸爸也很想妳，我很快就會回去看妳，妳有沒有想要什麼紀念品？到時我幫妳帶回去。」

「不用啦，我沒有想要的東西。不過爸你回來時，記得要先通知我一聲。」

「我知道，那妳早點睡，爸爸不吵妳了。晚安。」

放下手機後，她整個人用手撐著額頭，長嘆一口氣，想起今日發生的種種。

嵐方說，他的身體內有個怪物。

雖然想不通這句話的意思，但如果真是這個原因，讓嵐方動起自殺的念頭，為何容儀會被牽連進去？難道真的是他故意將容儀拖下水？他又是怎麼讓容儀願意去見他的？

無論怎麼思考，戴芮芮都理不出一個合理的解釋。

如果明天，趙旻還是被言嵐方附身，她該怎麼問他？還是只能耐心等到言嵐方主動告訴她？但要是他最後又對她說謊，那該怎麼辦？

無止盡的煩惱讓她開始鬧頭疼，她決定先放過自己，等明早見到趙旻，再仔細思考對策。

關燈躺好在床上，閉上眼睛那一刻，一個疑問卻又從她腦中閃過。

讓言嵐方願意傾吐出這件事的那個男生，是什麼人？

言嵐方跟他是什麼關係？

戴芮芮來不及多想，意識就漸漸飄遠，她不記得自己是何時睡過去的，直到聽見一道尖銳的玻璃破碎聲，整個人從夢中驚醒，才發現窗外天色已從墨黑轉為魚肚白。

來不及穿上室內拖鞋，她一下床就奔出房間，發現原本放在餐桌上的兩只玻璃杯摔破在地，趙旻也蜷縮在地板上。

「趙旻，你怎麼了？」

聽到戴芮芮焦急的聲音，趙旻猛然轉頭朝她望去，眼神從驚恐轉為驚喜，馬上起身朝她飛撲過去，把她緊緊攬在懷裡。

戴芮芮被他抱得動彈不得，差點喘不過氣，很快從他這個激烈舉止察覺到什麼，「你是……容儀？」

趙旻放開她，臉上綻放的大大笑容，證實她的猜測正確。

後來戴芮芮才知道，戴容儀醒來時發現自己身處在陌生的空間，嚇得直接衝出去，結果不小心撞倒餐桌上的玻璃杯，所幸她沒有被玻璃碎片割傷。

知道這裡是父親跟姊姊住的家，以及接下來戴芮芮會跟她一起生活，戴容儀完全藏不住喜悅，之後一直緊跟在姊姊身邊，像個愛撒嬌的小女孩。

發現是妹妹出現，戴芮芮其實有些鬆口氣，她暫時還沒有把握可以用平常心面對言嵐方。

由於戴容儀還是不肯開口說話，戴芮芮便準備一份筆記簿跟筆給她。兩人吃早餐時，她認真叮嚀妹妹必須遵守的事，戴容儀最後也乖乖答應，平時戴芮芮去上班時，她會安分留在家裡。

時間來到十點多，她告訴戴容儀：「今天餐廳公休，但我還是可以帶妳過去參觀，妳想不想去？順便跟我去賣場買東西？」

可以跟姊姊外出，戴容儀很開心，二話不說就答應。

去到「Nina的家」，戴容儀一進餐廳，就目不轉睛環顧店裡的每個角落，許久後望向姊姊，激動地對她比手畫腳。

妹妹豐沛的肢體語言，讓戴芮芮忍俊不住，「妳覺得親眼看更漂亮對不對？」

戴容儀點頭如搗蒜，將趙旻的那雙黑眸笑成月牙的形狀。

在店裡待了半小時，她們就出發前往賣場，採購完一些民生物品跟水果後，也來到午餐時間，兩人到賣場附設的速食店點了兩份套餐吃，稍作歇息。

看著戴容儀一臉滿足地享用熱騰騰的蘋果派，戴芮芮心裡滿是欣慰。

但享受與妹妹的幸福時光的同時，她也沒有忘記必須做的事，就是問出妹妹會恐懼男性的真正原因。

剛才走在人來人往的賣場裡，戴容儀還是會自動跟異性保持距離，看著這樣的她，戴芮芮還是不覺得這是妹妹裝出來的。

從前她不忍問，但如今牽涉到妹妹的死亡真相，她不得不去面對，只有確定妹妹沒有騙她，才能證明十年前的跨年夜，極可能是言嵐方逼迫她去到學校，而不是她自願去的。

而要證明這點，戴芮芮想到的第一步，就是確認她們的堂哥——林晟，與戴容儀的恐男症是否有關聯，最後她決定用一種方式試探。

捻起最後一根薯條往嘴裡放，戴芮芮用閒談的口吻說：「容儀，妳記得玉妍嬸嬸嗎？前陣子她忽然跟我聯絡，關心我跟爸爸的近況。是不是很意外？」

玉妍嬸嬸是林晟的母親。

在戴芮芮的印象裡，她是個明理又充滿慈愛的長輩；知道戴芮芮跟戴容儀常被父親家暴，她便對她們很呵護。當生父去世，所有親戚對她們惡言相向，也只有玉妍嬸嬸沒這麼做，還常讓林晟前來關心她們，然而林晟後來傳出不幸，玉妍嬸嬸似乎因打擊太大，也漸漸跟她們少有聯繫，戴容儀死後，戴芮芮更是再沒見過她。

玉妍嬸嬸最近捎來問候一事，自然是騙人的。

戴芮芮凝神觀察戴容儀的反應，只見她繼續默默吃著蘋果派，眉毛沒動一下，看起來並不關心。

她繼續裝作若無其事說下去：「以前嬸嬸常讓林晟帶她做的點心來給我們吃，有一次，林晟跟燦心都來我們家睡，我們四個人當時偷偷玩撲克牌到三更半夜，結果被爸媽唸了一頓，那時真的很快樂，對吧？」

戴容儀停住動作，抬頭望向戴芮芮。

這是她第一次看見趙旻的那雙淡漠眼眸裡，出現如此強烈的情緒。

戴容儀此刻看著她的眼神，充滿困惑、震驚，以及不諒解，令戴芮芮為之震懾。

「容儀，我……說錯什麼了嗎？為什麼妳要這樣看著我？」

此話一出，戴芮芮立刻就後悔了，這個問題似乎讓戴容儀打擊更大，她的臉色變得難看，全身劇烈顫抖，表情泫然欲泣。

「容儀，對不起，我不說了。」戴芮芮連忙握住她的手，趕緊換話題，「我、我們去看電影，這裡剛好有電影院，我一直很想再跟妳去看電影，片子由妳來挑，好不好？」

經過一番安撫，戴容儀這才終於收起情緒，點頭答應她。

看完一部喜劇電影，戴容儀就像是徹底忘記剛才那段不愉快，回到最初的開朗與活力，卻因此讓戴芮芮不敢再提起林晟的事。

姊妹倆回家後，繼續開心共度一段時光，下午五點多，戴芮芮從洗手間返回客廳，看見妹妹已經躺在沙發上睡著了，桌上放著她的筆記簿，攤開的那一頁上寫著：「跟姊姊在一起好幸福，謝謝姊姊。」

戴芮芮不禁感動，然而一股不安還是縈繞在心頭。

一個小時後，她煮好晚餐，聽見趙旻在廚房外喚她的聲音，才知道他醒過來了。

兩人吃飽飯後，戴芮芮告訴他這天發生的事，趙旻聽完，很肯定地說：「看來妳的那位堂哥，確實是導致妳妹生病的罪魁禍首，而非是妳生父所造成。」

「我也是這麼想，容儀當時的反應太明顯了，要不發現都做不到。」她輕咬下唇，「但如今我更在意的是，比起林晟真的可能傷害過她，當時我所說的那些話，似乎讓容儀打擊更大，彷彿我才是傷她最重的人，這到底是為什麼呢？」

趙旻沉思片刻，「妳堂哥是怎樣的人？」

「他聰明和善，是個很好的哥哥，尤其對我跟容儀特別好，我很難相信真的是他害容儀變成那個樣子。我現在很擔心，要是繼續逼問容儀，她會不會開始躲我？」

「確實有這可能，但別著急，妳能確定妳的堂哥有鬼，已經是很大的進展。妳妹那麼重視妳，繼續耐心對待她的話，我相信她遲早會願意對妳坦言的。」

「好，我試試看。」戴芮芮點頭，努力讓自己打起精神。

後來的三天，都是戴容儀現身。

而這三天，趙旻沒有從戴容儀的記憶裡發現重要線索，戴芮芮也沒能向妹妹問出林晟的事。

這次光是提到玉妍嬸嬸，戴容儀就會一秒變臉，甚至寫字告訴她，她不想聊親戚的事，還會鬧脾氣躲進房裡，讓戴芮芮不知如何是好。

到了第五天，發現過了五點，戴容儀竟然還精神奕奕，到了七點才睡過去，戴芮芮立刻升起不祥的預感。

趙旻被附身的時間增長了。

如今晚上八點才會醒來的趙旻，自然也察覺了這件事，但他沒有表現出一絲不安，也沒有對戴芮芮有所怪罪。

第七天，戴芮芮在妹妹入睡後，動手清掃家裡，結果在趙旻房間的床底下，發現綁起來的黑色塑膠袋，打開一看，裡面有好幾個空的啤酒罐。

她從未在家裡的垃圾桶發現這些東西，立刻知道這是趙旻趁她睡著時出門買的。趙旻會把它藏在床底下，大概是想在半夜時拿去外面丟掉。

這些空酒罐讓她清楚知道，趙旻心裡的壓力有多麼巨大，她為此自責不已，心中無比悲傷，更為趙旻選擇獨自承受而感到心痛。

戴容儀在出現一個星期之後消失了。

言嵐方現身的那天早上，他微笑喚她一聲「容殷」，戴芮芮說不出話。

她就這麼白白浪費掉這麼多時間。

她的猶豫不決，讓她錯失向妹妹問出真相的機會。

眼看就要十二月了，她除了讓趙旻搬到這裡，究竟還有做出什麼對他有益的事？

她到底在做什麼？

這天戴芮芮沒上班，吃完午餐，她跟言嵐方也沒想要出門，於是選擇在家裡看電影。

發現戴芮芮心不在焉，對他的問話一直沒有反應，言嵐方伸手輕搖她的肩膀，她這才如夢初醒。

「抱歉，我有點恍神，你剛剛說什麼？」

言嵐方盯著她，用遙控器將電視機關掉，轉身面對她。

「容殷，妳是不是有心事？」他眼神專注，嗓音輕柔得宛如耳語，「如果妳有什麼煩惱，可以告訴我，就像從前一樣。」

戴芮芮思緒空白，透過趙旻的那雙眼睛，看著言嵐方的靈魂。

你到底隱瞞了我什麼？

真的是你親手殺了容儀嗎？

明明滿腦子都是這些問題，但最後從她口中說出來的，卻是截然不同的話。

「你愛我嗎？」

言嵐方停頓，不久回答：「嗯，我很愛妳。」

她聽見某一條心弦斷裂的聲音。

戴芮芮淚眼模糊，再也看不清對方的面容。

嘴角嚐到淚水味道的這一刻，她才發現內心的壓力已經來到頂點，忍不住痛哭失聲。

直到現在，她才知道自己有多天真，居然相信自己真有辦法承受這一切。

她沒有勇氣立刻向言嵐方問出真相，也沒有辦法順利讓戴容儀開口，只能親眼看著趙旻的時間越來越少。

她該怎麼做才好？趙旻又該怎麼辦才好？

不吭一聲的趙旻，先是用雙手擁抱她的崩潰，再用手指跟唇帶走她的淚水。

戴芮芮沒有反抗，她閉著眼睛，任由對方的吻如雨點般輕落在臉上，最後在她被淚水沾濕的嘴唇上久久停留。

從淺嚐的輕吻，到難分難捨的深吻，戴芮芮的腦中漸漸一片空白，無法繼續思考。自心底湧起的欲望，讓她情不自禁伸手環抱住對方的脖子，沉溺在對方的懷抱裡。

被緊緊擁抱的這一秒，她一度忘記眼前的男人到底是誰。

等到戴芮芮回過神，瞥見牆上的時鐘，發現時間已然過去一個小時。

她跟言嵐方都沒有睡著，事後就依偎在沙發上，她以趙旻光裸的手臂為枕，恍惚想著眼前發生的事。

腦袋變得清醒後，她也像是被澆下一桶冷水，意識到自己做了多麼荒唐的事。

「容殷，妳還好嗎？」言嵐方在她耳邊關心。

「嗯，我沒事。」戴芮芮聲音一啞，匆匆坐起穿上衣服，遲遲沒有迎上他的眼睛，「接近倒垃圾的時間了，我去準備一下。」

「我幫妳倒吧。」

「不用，我要順便去隔壁的超商買點東西，很快就回來。今晚就不煮了，我直接到附近的麵館買晚餐回來好嗎？」

像是發現到她內心的混亂，言嵐方牽起她的手，體貼地說：「不用顧慮我，妳去忙吧，妳記得吃晚飯。今天的事，我不會讓趙旻知道。」

戴芮芮全身僵硬，什麼話也說不出。

收拾好家中垃圾，她就在言嵐方的目光下，提著垃圾袋離開屋子。

她在外頭一晃就晃到八點多，腦袋亂哄哄的她，中間給江燦心發一條訊息，希望明晚跟她見面，江燦心十分鐘後就回她同意的訊息。

提著一份外帶湯麵進到家裡，趙旻手持遙控器坐在電視機前，兩人目光一對上，她的心跳瞬間漏跳一拍，發現趙旻已經換一套衣服，頭髮有些濕濕的，看得出剛洗完澡。

「妳回來了，剛剛出門的嗎？」

聽不出起伏的清淡語氣，確實是趙旻沒錯。

「對，我到附近辦一點事，我有幫你帶一碗麵，你要吃嗎？」她邊說邊快步越過客廳走向廚房，沒看他一眼。

「好啊，謝謝。不曉得為什麼，今天感覺特別餓，難道言嵐方沒吃晚餐？」

她僵站在流理臺前，硬著頭皮說：「他今天好像沒什麼胃口，午餐也沒吃多少。你今天有看到什麼重要線索嗎？」

「沒有，他今天跟上次說的『那個男生』去打網咖，但兩人沒提到之前的話題，單純在聊其他事。」趙旻的聲音由遠而近，他來到戴芮芮的身後，納悶問：

「妳那碗麵不是要給我吃嗎？怎麼就這麼拿進來了？」

「喔，我只是想幫你裝進大一點的碗裡，這樣才不會灑出來。」

「我自己來就行了，妳沒買自己的份嗎？」

「沒有，我不太餓。」

趙旻看她一眼，「還是吃一點吧，我的分給妳。」他伸手繞過她，從她身旁的收納架上拿下另一個瓷碗。

趙旻突如其來的貼近驚動了她，拿在手中的瓷碗立刻滑落碎了一地。

她蹲下撿碎片，趙旻硬是阻止了她，訓斥：「笨蛋，別用手撿，妳去外面，我來處理。」

趙旻清完碎片後，很快就端出兩碗湯麵，把一碗分給她，在餐桌前坐下。

「妳今天跟言嵐方發生什麼事了嗎？」

戴芮芮心頭一震，強作鎮定，「沒有呀，我們很好。」

「真的？妳不太對勁，難道你們吵架了？」

「真的沒有，我只是……有點焦慮。」他的視線令她心慌意亂，下意識脫口而出。

「為什麼焦慮？」

她噓噓口水，艱澀地說：「我覺得自己好像在拖累你，明明我每天都跟嵐方跟容儀相處，卻總感覺在原地踏步。明知你被附身的時間增加了，我卻還在拖拖拉拉，不敢強硬跟他們要答案。」

顫聲吐出這段喪氣話，戴芮芮鼻頭漸酸，差點就真的哭出來。

趙旻看著她片刻，「右手伸出來。」

戴芮芮依言伸出右手，就被他輕輕握住，他仔細觀察她的手一會兒，再慢慢放開。

「還好手指沒被碎片割傷。」趙旻嘆一口氣，「我沒有怪過妳，妳會害怕很正常，是我給妳太大壓力了。實際上，就算真的找出十年前的真相，也不保證我的問題就能獲得解決，所以我其實有心理準備了，倘若最後我真的消失，也只能自認倒楣接受，我會這樣並不是妳害的，妳不必太自責。雖然現在說這些可能有些遲了，但我不會再逼妳，妳若想放棄，我不會反對。」

她萬萬沒想到趙旻會這樣告訴她。

「那怎麼行？事到如今，我怎麼可能撒手不管？眼睜睜看你最後真的消失掉？」

「妳是說真的？」

「當然！」

「那妳可不可以老實回答我一個問題？妳現在還愛著言嵐方嗎？」

戴芮芮的心臟重重一跳，一度以為他發現了什麼。

「你為什麼要這麼問？」

「因為我其實很好奇，當妳看見言嵐方重生，是否曾有一刻希望他不會消失？」

她的臉色漸漸蒼白。

「趙旻，難道你懷疑，我之所以遲遲不採取行動，是因為我希望他跟容儀能永遠留在我身邊，因此決定犧牲掉你。是這樣嗎？」

「如果說我完全沒懷疑過，自然是騙人的。如果妳對言嵐方真的還有依戀，也不想再失去戴容儀，就算妳出現這種想法，我也覺得情有可原。但認識妳到現在，我已經知道妳不是這樣的人，所以妳不用介意我現在說的話，我只是真心不想看妳太過勉強自己，畢竟這並不是一般人能承受的事。」

語落，趙旻拿起自己的那一碗湯麵站起身，沉聲說：「我去房間吃，妳記得把麵吃完，如果身體不舒服，隨時跟我說。」

趙旻離開後，戴芮芮呆坐不動，就這麼看著湯麵慢慢變涼。

隔天，她不到六點就起床，將做好的三明治用保鮮膜包好放在桌上，她留下一張字條，就出門去了。

這天她比平常早一個小時下班，跟江燦心在百貨公司裡的餐廳見面。

得知戴芮芮昨天跟言嵐方發生的事，江燦心面露愕然。

「芮芮，妳現在還對言嵐方有感情？」

「嗯。」戴芮芮深呼吸，話聲沙啞，「聽到他說愛我的時候，我的心很痛，真的很痛很痛，我很怕今天又會是嵐方，忍不住就逃走了。」

江燦心眼神映滿哀傷，「妳怕自己真的會像趙旻說的，不希望言嵐方離開？」

「不是這樣。」

「什麼？」

「我被嵐方擁抱的時候，其實根本沒有認清自己正在被誰擁抱。我會因嵐方的告白而心動，卻也會為趙旻的觸碰悸動不已。我一直以為那是我一時錯亂，因為嵐方的靈魂附在他身上，我才會對趙旻產生這種感覺，但經過昨天，我才發覺不是這樣，我似乎早在不知不覺間，也被趙旻深深吸引了。」

江燦心圓睜雙眼，「芮芮，妳是說……」

「很荒謬吧？」戴芮芮勾起唇角，淚水同時沿著臉龐滑落下來，她抬手蒙住雙眼，「燦心，我真的瘋了，我竟然會喜歡上趙旻。當嵐方用趙旻的雙手抱我，我其實也在想像被趙旻擁抱。我真的覺得自己很不正常，非常奇怪。」

「不，芮芮，妳不奇怪。」江燦心馬上告訴她。

戴芮芮含淚抬眸，半信半疑，「妳說我同時愛上這兩個人，不會奇怪？」

「對。」江燦心眼神認真，斬釘截鐵道，「我不是在安慰妳，在我眼中，妳沒有半點不正常，也沒有做錯任何事。」

江燦心向來愛恨分明，在感情上無法容忍一絲不忠，這樣的她卻給了戴芮芮這種回應，令戴芮芮困惑又茫然。

她握住戴芮芮的手，「妳之所以會這麼焦慮惶恐，是因為妳害怕趙旻真的會消失，對吧？但妳應該也清楚，趙旻跟言嵐方最終只能留下一個，如果妳真心想救趙旻，遲早要做出選擇，言嵐方終究是已經不在的人，妳該讓他好好走，過好妳往後的人生。」

「我知道。」她吸吸鼻子，情緒稍顯平復，「但趙旻說對一件事，就算揭開十年前的真相，嵐方跟容儀也未必真的會離開他，而他又說我可以決定放棄，所以我現在很迷惘，在不確定結果的情況下，我跟趙旻現在做的事，真的是有意義的嗎？萬一最後事與願違怎麼辦？」

「我懂妳的憂慮，但面對未知的結果，你們唯一能做的，就是眼前能夠做的事了，不是嗎？」江燦心一針見血，「只要妳發現有一絲絲可能性，妳就試試看，總比什麼都不做來得好，趙旻會要妳放棄，只是擔心妳會崩潰，並不是真心的，既然妳喜歡上趙旻，就好好正視這段感情，盡全力保護他，不要對任何人有罪惡感，知道嗎？」

聽完這些話，戴芮芮竟如釋重負，整個人輕鬆許多。

她破涕為笑，「我沒想到妳這麼欣賞趙旻。」

「誰說的？我現在很生氣，我明明那樣警告他，結果他還是對妳下手，下次見到他，我非剝了他的皮不可！」

「妳別那麼大聲啦，這不是趙旻的錯，他根本什麼都不知道，而且我是心甘情願的。妳千萬不能告訴他，不然我真的無顏面對他了。」戴芮芮難為情道。

「知道啦，我開玩笑的，我當然不會說。」江燦心無奈哂笑，溫聲說：「快回去吧，趙旻還在等妳。不要心急，好好跟他談。」

跟江燦心道別後，她直接返家，站在家門前做了深呼吸，然後開門進屋，看見趙旻坐在客廳，手裡端著一個馬克杯。

「妳跟妳表姊見面嗎？」

「你怎麼知道？」她心驚。

「猜的，剛才我去妳餐廳附近走走，發現鐵門已經拉下。」

她鬆口氣，還好不是江燦心打給他說了什麼。

但聽到趙旻去餐廳，她馬上想到一個可能。

「是不是嵐方有留話給你？」

「嗯，他說他今天醒來，妳就不在家了。」

她猜的沒有錯，今天出現的是言嵐方。

「是我昨天說的話傷到妳了嗎？」

「不是，是我自己的問題，我已經沒事了，抱歉讓你擔心。」

「那妳可以過來坐嗎？我有話跟妳說。」

她依言坐到他身旁，好奇問：「什麼事？」

「我想說，妳不必繼續逼問妳妹妹林晟的事了。」他淡淡低語，眼神沉靜，「言嵐方的秘密，就等他主動告訴妳吧，不要因為我時間變少，害得妳有壓力。雖然我很想變回正常人，但看妳被我逼到這個地步，我也無法高興。我很感謝妳做的一切，不管最後的結果是什麼，都不會是我們兩人的錯，所以一切就盡人事聽天命吧。」

「嗯。」她迅速抬手將不小心滑下眼角的淚抹去，將臉別向一邊，「我知道，我已經冷靜下來了，親眼看到你的時間變少，讓我太恐慌，結果亂了方寸，忘記自己做過的決定。我不會再逼容儀，但我還是會盡力到最後一刻，所以你也別再說出自認倒楣接受這樣的話，好嗎？」

「好，我答應妳。」

深深吁一口氣，她換了個話題，「嵐方這天做了什麼？」

他知道她說的是十年前的今天，於是道：「他今天又跟那個人去網咖。」

「真的？」居然連兩天都去，他們的關係到底有多親密？

「嗯，而且我發現，他們穿著的制服不同，看來並不是同校的，妳有印象他身邊有這樣的一個朋友嗎？」

「沒有，我也不知道他會去打網咖。可能比起我，嵐方更信任那個人，才會把那個秘密告訴他。」儘管已經知道言嵐方瞞她不少秘密，但如今又發現她沒看過的另一面，心中還是難掩失落。

「那倒未必，有時最深的秘密，對親密的人反而說不出口。」

趙旻這句話勾起她的好奇，「你也是這樣嗎？」

「我嗎？我倒還好。」他似笑非笑，眼神一深，「不過，過去有人對我傾吐他最深的秘密，我卻沒有認真看待，結果錯失救他的機會，直到現在我依然很後悔。」

戴芮芮有點意外，沒想到他有這一段過去。

「那個人不在了嗎？他是你的朋友？」

「正確地說，他是我朋友的弟弟，他很久以前就自殺走了，他出事後，我常常會想，他是不是認為我不會相信他，才放心告訴我，但後來我便不這麼認為。不管是基於何種理由，只要他說出來，就是在求救，我卻忽略掉他的求救訊號，才導致一連串的悲劇發生。現在我只希望，我還有機會彌補自己犯下的錯。」

雖然是個悲傷的話題，但這是她第一次聽趙旻主動說出自己的事，心裡有點高興，感覺自己又靠近了他一些。

兩人聊了許久，發現時間晚了，便彼此道晚安，回到房間。

調整好心情後，隔天開始她便恢復平常心，不再胡思亂想，耐心等待言嵐方給她回應，也繼續努力走進戴容儀的內心。

眼看時序進入十二月，依舊沒有重大發現，戴芮芮跟趙旻才確定，言嵐方跟戴容儀是在十年前的最後一個月接觸到的。

十二月五日那天晚上，趙旻突然到餐廳接戴芮芮下班。

見他神色凝重，戴芮芮馬上察覺不對，在餐廳門口緊張問他：「發生什麼事？是不是你在容儀的回憶裡看見嵐方了？」

「今天是戴容儀出現嗎？」

「對呀，你怎麼會這麼問？」

「今天我醒來，沒有看見任何記憶。」

戴芮芮被他這句話嚇到了。

「這、這是什麼意思？為什麼會忽然看不見？莫非是容儀怎麼了？可是十年前的今天，她明明還活著！」

「我知道，我也覺得很奇怪，正因為什麼也沒看見，所以我不清楚今天是誰上了我的身。之前沒發生過這種事，不曉得是偶然，還是今後都是如此。」

「應、應該是只是偶然吧，也許明天又能看見了。」戴芮芮自我安慰道。

結果不只戴容儀，隔天趙旻連言嵐方的記憶都看不到了。

明明他們白天都會繼續現身，但趙旻就是再也得不到那兩人最關鍵的記憶。

十二月十二日，趙旻在戴芮芮下班回家時，告訴她戴容儀的記憶出現了。

戴芮芮喜出望外，卻發現趙旻面色凝重，心裡湧現不好的預感。

「趙旻，你直接說吧，十年前的今天，容儀是不是發生不好的事？跟嵐方有關對吧？」

「不是。」他搖搖頭，「我是看到了戴容儀的記憶，但不是十年前的記憶，而是更早之前，應該是戴容儀小學的時候。」

她想起趙旻有說過，他偶爾能看得見那兩人更久以前的記憶。

不是十年前的記憶，她雖然失望，但還是緊接著問：「然後呢？你看到什麼？」

「我看到戴容儀跟兩個看起來像國中生的男孩子，關在一個房間裡。」他中間停頓了一下，才繼續說出後面的話，「那兩個男生全身赤裸，戴容儀也是。」

戴芮芮整個人傻住，不敢相信自己的耳朵。

「你是說真的嗎？」

「真的。」

「他們……在做什麼？」她知道這個問題很蠢，卻還是忍不住問出口。

「其中一個男生把戴容儀壓在床上，另外一人則拿著手機在拍她。」他說得隱晦，口氣緩慢，「從他們談話的內容，他們似乎不是第一次對戴容儀那麼做了，感覺是戴容儀的熟人。」

戴芮芮的臉上徹底失去血色。

「那兩個男生長什麼樣子？」

「一個單眼皮，下巴有一顆特別顯眼的痣；另一個戴著眼鏡，笑起來有酒窩。」

聽完趙旻的敘述，戴芮芮雙腿一軟，整個人癱坐在地板上，全身彷彿浸在冰冷的海水裡，凍得徹骨。

儘管林晟的面貌在記憶中已變得有些模糊，戴芮芮仍一聽就知道，趙旻口中笑起來有酒窩、戴著眼鏡的男生，指的就是他。而她也記得林晟以前有一個很好的朋友，戴芮芮曾經跟他頗熟，對方的外貌特徵就跟趙旻說的完全雷同。

「莫非其中一人是妳堂哥？」趙旻從她的表情猜出答案。

「對，除了他，我想不出別人。」

「那另一個男生是誰？」

「應該是林晟的朋友，我對他有印象，但不記得他的全名，只記得他的綽號叫瓶子。就是他跟林晟兩人半夜開車出遊，結果發生車禍，雙雙去世。」

趙旻沉吟片刻，低聲說：「這是我個人的想法，如果戴容儀過去真的屢次遭到妳堂哥那樣的對待，那她後來會對林晟避如蛇蠍，甚至開始變得厭惡男人，就說得通了。」

戴芮芮眼神空洞，再也無法思考。

向來十二點前睡著的她，那晚再次失眠，坐在床上醒到天亮。

知曉妹妹的秘密後，隔天恰巧就是戴容儀的靈魂出現。

餐桌上，她看著妹妹小口小口享用烤吐司和牛奶，覺得心如刀絞。她居然完全不知道心愛的妹妹發生過這樣的事。知道揭開那段殘酷的秘密，將會重傷到容儀，甚至使她不再與自己親近，但排山倒海的悲痛，讓她再也顧不了這麼多了。

「容儀，我是妳在這世上最信任的人，任何事妳都會跟我說，對嗎？」

戴容儀抬眼看她，不假思索就點頭。

「那妳告訴我，妳會害怕男人，是不是因為林晟？」她壓抑住情緒，卻壓不住語氣的不穩，「以前他做了許多傷害妳的事對不對？為什麼妳沒有告訴我？是不是林晟威脅妳不准說的？」

戴容儀再度露出跟之前一樣的受傷表情，情緒變得激動，眼中映滿悲憤。

「容儀，拜託妳告訴我，林晟到底對妳做了什麼？他是不是跟瓶子一起傷害妳？」

丟下吃到一半的早餐，戴容儀當場逃回房間，重重關上門。

戴芮芮追到房門前，發現門已上鎖，她只好敲打門板，哀求道：「容儀，妳別害怕，不管發生什麼事，姊姊一定會站在妳這邊，所以求妳對我說實話，相信姊姊好嗎？」

喊完沒多久，她瞥見一張紙從門縫中被推出來，立刻彎身拾起。

讀完戴容儀寫在紙上的文字，戴芮芮驀地呆住。

姊姊是騙子。

妳明明答應我，這是我們永遠的秘密，一生都不要再提，為什麼要騙人？

戴芮芮拿著紙張動也不動，表情木然，很長一段時間發不出半點聲音。

那天她完全無心工作，好不容易撐到下班，她直接搭計程車回家，把戴容儀給她的那張字條拿給趙旻看。

趙旻沉默許久，才從紙張中抬頭，眼底情緒難辨，「她這句話的意思，像是妳早就知道她跟林晟的這段過去。」

「對，所以我很震驚。」她指尖冰冷，腦袋亂成一團，「我不知道容儀為什麼會這麼說，如果我早知道林晟對她做出那種事，怎麼可能坐視不管？甚至不斷提起林晟，在她的傷口灑鹽？我想向容儀問清楚，可是她再也不回我話了。」

「別焦急，等她再現身，妳再好好跟她談，確認是怎麼一回事。」看著她眼下的淡淡黑眼圈，他溫聲說：「妳昨晚一定沒睡吧？今天妳也折騰一天了，先什麼也別想，早點去休息。」

在趙旻的勸說下，戴芮芮頭重腳輕地去洗澡，早早上床歇息，卻無法順利入眠。

午夜十二點半，一陣輕輕敲門聲打斷她的思緒，她下床開啟房門，趙旻就站在外面。

「我在想妳會不會又煩惱到失眠，看來真是這樣沒錯。」他淡淡說，「不介意的話，要不要到我那裡去睡？一個人容易想東想西，有個人陪在旁邊，或許妳就能睡得比較安穩。」

不知是疲倦讓她的腦袋無法再進行多餘的思考，還是她其實也很想待在趙旻身邊，最後她答應了。

跟趙旻躺在一張床上，她透過夜燈凝視他側臉的線條，聽他用平穩低沉的嗓音在耳邊說話，她便感到無比安心，身體就這麼漸漸放鬆，睡意也同時襲來，帶走她的意識。

凌晨三點，趙旻感覺到頸部傳來一股壓迫，猛然睜開眼睛，迎上一張面孔。

戴芮芮整個人跨在他身上，兩隻手緊緊掐著他的脖子。

室內昏暗，趙旻無法看清她的表情，他一把抓住她的手，竟無法順利掙脫。戴芮芮的力氣大得驚人，完全不像她那纖瘦身軀會有的力量。

眼看就快要窒息，趙旻咬牙，最後用全身力量，一口氣將戴芮芮成功推回床上，並且大吼一聲：「戴芮芮！」

動也不動的戴芮芮，在他這道吼聲中慢慢睜開眼睛。

發現趙旻臉色難看，兩手緊緊抓牢她的手腕，她一秒清醒，大驚失色，「趙旻，你在做什麼？」

「這句話是我要問的，妳在做什麼？妳想殺了我嗎？」

「你說什麼？」

見她一頭霧水，趙旻放開她，下床打開臥室的燈，「妳剛才動手掐住我的脖子，像是要置我於死地。」

戴芮芮瞪大雙目，失聲叫出來：「你騙人，我怎麼可能做出這種事？」

「我沒騙人，不然妳看看這裡。」他走近她，讓她看清楚脖子上幾道清晰的紅色抓痕。

她臉色刷白，用力搖頭，「不可能，我怎麼會對你這麼做？一定不是我！」

「不然就看一下監視器吧。」
「監視器？」
「我其實沒有告訴妳，我也在這個房間安裝了攝影機，方便繼續觀察言嵐方跟戴容儀，剛好現在可以派上用場。」趙旻說完，就走到一旁的置物櫃，從書本的縫隙中拿出一個迷你的攝影機。
把畫面接到筆電上，鏡頭正好瞄準床的位置。
儘管視線昏暗不明，戴芮芮依然清楚看見，自己睡到一半從床上坐起，接著跨在熟睡的趙旻身上，用力掐住他的脖子。
那副不顧一切的狠勁，確實就像趙旻說的，她是全心想置他於死地。
戴芮芮不敢相信畫面裡的這個人是自己，心中又驚又懼，全身不住地發抖，「我為什麼會做出這種事？我不記得自己有這麼做。趙旻，你相信我，我真的不知道自己為何會這樣！」
趙旻深深看她一眼，安慰她：「我相信妳。如果妳確實不知道自己有做出這種行為，那就表示妳在夢遊，妳知道自己會夢遊嗎？」
她猛搖頭，鄭重澄清：「從來沒人跟我說我會夢遊，我發誓，我是第一次知道自己會這樣。」

「好，那就當作是意外，我不會介意，妳也不用放在心上。」

「我怎麼可能不放在心上？我剛才差點殺了你。」她眼眶發熱，做下一個決定，「趙旻，你暫時先搬回去吧，要是你繼續跟我住在一起，不知道會不會又發生危險的事。」

「不會的，之前並沒有發生過這種事，不是嗎？我相信這只是偶發狀況而已。」趙旻一口否定，好似真的深信這只是意外，「而且我怎麼可能在這種時候留妳一個人，若妳擔心又會在睡著時傷害我，我們就別睡在一起，我也會記得把房門鎖上，這樣應該就沒問題了吧？」

眼下沒有其他辦法，而且她也並不真的希望趙旻離開，於是聽從了他的建議。

後來的三天，都是戴容儀出現。

戴容儀說什麼就是不願再對她透露更多，只要戴芮芮再提到林晟，她就會跑去把自己關在房間，怎麼叫都不會應，令戴芮芮相當沮喪，覺得妹妹對她徹底失望了。

除了對戴容儀說的那個秘密耿耿於懷，傷害趙旻的那一幕，也在她腦中揮之不去。

戴芮芮覺得自己變得既陌生又可怕，不僅從妹妹口中聽到完全沒印象的事，還知道自己原來會夢遊，甚至有如此殘忍的那一面，因此她沒有告訴江燦心，不敢去想若江燦心知道這些事，對她會有什麼想法。

眼看三十一日逼近，卻無法再看到言嵐方跟戴容儀十年前的記憶，還發生更多令她措手不及的事，讓她時時刻刻都在繃緊神經，無法喘息。

唯一讓她覺得慶幸的，是趙旻還在她的身邊。

當她知道，原來趙旻也有在客房裡安裝攝影機，她不怪趙旻沒告訴她，只慶幸平時沒有跟言嵐方在那個房間做什麼事，不然若被趙旻發現，兩人的關係將會變得非常尷尬，她也會不知道怎麼繼續面對他。

她有多感謝趙旻沒有就此厭惡自己，就有多對他感到愧疚，一直希望能為他做些什麼，哪怕是微不足道的小事。

後來她也真的想到一件可以為他做的事。

趙旻說過，他租屋處附近有一間早餐店，他很喜歡那家店賣的油條蛋餅跟米漿，已經很久沒有吃過了。

言嵐方出現的某一天，正好是餐廳公休日，上午她臨時出門辦點事，跟言嵐方約好回來後一起出門吃午餐。

搭計程車回家時，她注意到車子正好開到趙旻住的那一區，心生一念，開口讓司機停車，一下車就開始尋找趙旻說的那間早餐店。找了一會兒，她發現那間店原來位於小巷子的某個民宅內，連個招牌都沒有，若不是看到有幾個客人在門口排隊，她恐怕無法順利找出來。

一進店家，她跟老闆點了一份內用的油條蛋餅跟冰涼米漿，以及另外再點一份蘿蔔糕，一吃便無比驚豔，這家店的早餐無論口感或味道，都讓人意猶未盡，難怪趙旻會不惜為此搬到這附近。

雖然無法讓趙旻直接吃到熱騰騰的早餐，但若她能記住這些味道，並試著做出一份口味相似的油條蛋餅跟米漿給趙旻吃，多少能彌補他的一些遺憾吧。

就在她邊吃邊思考製作蛋餅油條的步驟，來自後方其中一桌的交談聲，卻漸漸引起她的注意，最後忍不住轉頭，望向坐在電視機下方的兩名年輕男子。

戴芮芮仔細聆聽將近五分鐘，不知為何越聽越覺得，他們口中頻頻提到的

「趙旻」，極可能就是她認識的那一個趙旻。

聽見其中一名戴著黑色毛帽的男子說，趙旻的母親昨天有打給他，問他這幾天有沒有見到趙旻，戴芮芮再也按捺不住，決定上前詢問。

她向他們說明來意，並表示可能跟他們認識同一人，想跟他們確認，那名戴著毛帽的男子也挺親切，馬上從手機相簿裡找出一張他跟趙旻的合照給她看。

看見照片上的其中一人，她暗暗吃驚，居然真的是趙旻。

「妳怎麼認識趙旻的？莫非妳是他的女朋友？」毛帽男好奇打量她。

「不是，我們是幾個月前偶然認識的，只是朋友。」

「是喔？那你們最近有聯絡嗎？妳知不知道他人在哪裡？」

「這……我不知道，我跟他有一陣子沒聯絡了。」她只能硬著頭皮撒謊，「趙旻跟他母親也沒有聯絡嗎？」

「這倒不是，是他母親之前過來看他，卻發現他家似乎有一段時間沒人住了，趙旻又堅持不肯透露他人在哪裡，擔心他會不會出了什麼事；他母親知道我跟趙旻住得近，所以會拜託我經常去他家繞繞，看看趙旻回來了沒有。」

「原來是這樣。」戴芮芮不禁覺得羞愧，若不是她，趙旻也不需這麼辛苦，現在還害得他的母親如此擔心。

這兩個人都是跟趙旻親近的朋友，他們很可能也知道趙旻身上發生的怪事。

「你們也很久沒跟趙旻聯繫了嗎？」她繼續問。

「我上次跟趙旻用 Line 聯繫，是在一個月前。」這次另一名男子回答她，他外型粗獷，右手背上有個刺青，「那天是我們的一個長輩朋友的告別式，趙旻無法去現場送他，請我替他帶份白包給對方家屬。他把白包的錢匯給我之後，就沒有再找我了。」

戴芮芮停頓幾秒，吶吶說：「告別式……應該是白天舉行的吧？」

「對啊，我記得是十點多。」

「所以趙旻是在當日的上午傳訊息給你？」對方篤定點頭，戴芮芮卻一度認為他在說謊，「抱歉，突然對你提出這種要求，能不能讓我看看你跟趙旻當時的對話呢？」

刺青男同樣沒什麼顧慮，二話不說從手機裡找出他跟趙旻的對話給她看。

發現趙旻確實在一個月前的上午九點多，和刺青男互通訊息，戴芮芮拿著手機呆住了。

這是怎麼回事？

平常這個時間，趙旻明明是被附身的狀態，怎麼會以原來的身分與朋友聯繫？難道是他拜託戴容儀或言嵐方幫他回訊息？

然而她很快就否決了這個猜測。

趙旻不可能拜託戴容儀做這種事，而且言嵐方也說過，趙旻沒有讓他使用手機，他也不知道趙旻把手機藏在哪裡。

那趙旻是用誰的身分這麼做？

似是見戴芮芮表情不對，刺青男忍不住確認：「妳真的不是趙旻的女朋友？」

「嗯，我真的不是。」

「哈哈，好吧，其實我們原本都在猜，趙旻會不會是跑去跟新女友同居？之前他把前女友甩掉後，也立刻把工作辭了，我們都以為他吃錯藥，懷疑他不是為了別的女人這麼做，就是惹上什麼麻煩。」

「趙旻甩掉前女友？不是前女友甩掉他的嗎？」戴芮芮愕然。

「當然不是，他的前女友跟我們也認識，他們在一起快兩年，原本都好好的，但今年九月，趙旻忽然跟她提分手，把她氣得半死。在那之後，趙旻就變得很難再聯絡上，我們都不曉得他究竟在幹什麼。」

「所、所以……」戴芮芮清楚聽見自己的聲音變得不穩，「趙旻不是因為『生病』，才跟你們減少聯繫？」

「趙旻生病？什麼時候？那傢伙的身體不是一向很健康嗎？」刺青男轉頭望向毛帽男，對方點點頭，兩個人都一頭霧水。

戴芮芮再也無法繼續思考。

趙旻的朋友說出來的每個字，都與趙旻告訴她的大相逕庭。

他們沒有理由騙她，因此她最後得出的答案，就是趙旻騙了她。

趙旻根本就沒有被戴容儀跟言嵐方的靈魂附身。

一切都是他在自導自演。

「容殷，妳回來啦？外面很冷吧？」

坐在電視機前的男人對她漾起溫柔微笑。

戴芮芮抿起冰冷的嘴唇，竭力不將情緒顯露出來，唇角輕勾，「抱歉，等很久了吧？我去放個東西，十分鐘後就可以出門了。」

趙旻為什麼要這麼做？

他精心策劃這個騙局，大費周章將她耍得團團轉，目的究竟是什麼？

強烈的惡寒自心底升起，她感覺連心臟都被凍結成冰，心中盡是恐懼。

兩人之後來到位於市區的一間高級日式餐廳，知道言嵐方喜歡日本料理，戴芮芮之前便跟他約定一起來用餐。

當趙旻吃完一整份的壽司，她平靜開口：「嵐方，你已經決定好何時對我說出那個秘密了嗎？」

他微微停頓，眼中浮上歉意，「抱歉，容殷，明知道妳在等，我還一直拖。聖誕節就要到了，我就在那天告訴妳，好嗎？」

聞言，她淡淡一笑，「好。」

但她心裡知道，就算趙旻真的知道言嵐方的秘密是什麼，也未必真的會老實告訴她。

而且她也已經沒有耐心等到那一天了。

隔天早上，戴芮芮和繼續偽裝成言嵐方的趙旻愉快吃早餐，後來就以吳明真要她提前去餐廳為藉口，比平常早一個小時出門。

送她到門口時，趙旻親吻一下她的額頭，低聲說：「我愛妳，容殷。」

戴芮芮撐起一絲笑，「我也是，我出門了。」

一離開公寓，戴芮芮立刻加快腳步到巷口，攔了一輛計程車坐上去。

拿著趙旻之前給她的備份鑰匙，她進到趙旻的租屋處，一放下包包，她就開始動手搜刮這棟屋子的所有物品，連垃圾桶都不放過。

在向趙旻攤牌之前，她必須要先確定，趙旻對這一切如此瞭若指掌的原因。

既然趙旻全是在演戲，那就表示戴容儀跟林晟過去發生的事，也可能是騙人的，然而她怎樣都想不通，趙旻是如何知曉林晟跟他的好友瓶子的長相？又如何能對戴容儀跟言嵐方的事這般清楚？就連她和那二人之間的秘密也都知道？

趙旻不可能平白無故就知道這些，一定是有知悉這一切的人，在背後給他情報。如果要求趙旻讓她看手機或筆電，必然會引起他的懷疑，她不想打草驚蛇，只好來這裡進行搜查。

翻遍客廳，沒找到她想要的證據，戴芮芮又進到趙旻的臥室，鉅細靡遺地搜查十五分鐘，最後在床鋪底下的最深處，找到慎重裝在封箱紙箱裡的一個鐵盒。

她打開鐵盒蓋，發現裡頭有一本頗具份量的書，是一本日記，封面上有一行手寫文字：「Nina 2012」，表示這應該是二〇一二年的日記。

其字跡跟英文名字，讓她一眼猜出這是妹妹的日記。

但她不記得妹妹過去有寫日記的習慣，而且就算這真的是戴容儀的日記，又怎麼會出現在趙旻的家裡？

就在這時，戴芮芮注意到有東西夾在日記本裡，露出了一小邊角。

她直接翻到夾著東西的那一頁，發現那是一張護貝照。

戴芮芮不敢相信自己的眼睛。

那張照片裡坐著三名少年少女，三個人皆穿著高中制服，背景是在熱鬧的速食店裡。

左邊的溫文少年是言嵐方，中間是她，右邊挽著她手臂的甜美女孩則是戴容儀。

他們一起看向鏡頭，臉上都掛著明亮的笑容，眼中溢滿喜悅。

戴芮芮五雷轟頂，臉色蒼白，嘴巴微微張開。

這張照片是怎麼回事？是造假的吧？他們三個人怎麼可能會一起拍照？

當她接著發現，夾著照片的那一頁日記，日期是十年前的十一月三日，戴芮芮便直接從那日的內容開始讀起。

日記裡的內容，徹底顛覆她這十年來所認知的一切。

二〇一二年十一月三日

今天跟小鎂她們出去唱歌，本來要吃完晚餐再回家，卻因為下大雨而取消，提前回家，結果意外被我發現一件大事。

我聽到姊姊在房間跟燦心表姊講電話，姊姊竟然有了喜歡的人，但是姊姊似乎不想讓我知道，燦心表姊也叫姊姊不要為了我，放棄她喜歡的男生。

我覺得好生氣，也好難過，不明白燦心表姊為何要把我說得那麼壞，好像認定我會阻礙姊姊的戀情；但我更震驚的是，姊姊竟然不願意跟我說，這到底是為什麼？難道她也認為，我會反對她交男朋友嗎？

我明明就很希望姊姊能得到幸福，如果姊姊可以找到一個守護她的人，就像她一直以來守護我那樣，我真的會很高興，也會很感謝那個人。

我真慶幸這天我有提早回來，否則我根本不知道，她們竟是這樣誤會我的。

就在剛才，我傳訊息給燦心表姊，跟她約好明天見面了。

我一定要讓燦心表姊知道，我根本不是她所想的那樣不懂事。

二〇一二年十一月四日

今天跟燦心表姊聊過後，我知道了姊姊喜歡的男生叫言嵐方，是姊姊的同班同學，也明白她跟姊姊為何不願意讓我知道這件事。

燦心表姊說，姊姊好像一直對我懷抱愧疚，可能跟小時候我幫姊姊擋下爸爸的拳頭，差點送命有關，姊姊似乎覺得，若沒有我的允許，她就沒資格去爭取幸福。

我聽了好難過、好心痛，不敢相信姊姊會有這種想法。

如果燦心表姊說的是真的，我認為姊姊會這樣想的真正原因，其實是在我不想寫出名字的那個人身上，而非全然是因為爸爸，可是我無法告訴燦心表姊。

知道我是打從心底祝福姊姊，燦心表姊居然高興到紅了眼眶。我這兩個傻姊姊，她們這樣害我更過意不去了。

然而我們兩個都認為，必須讓姊姊主動告訴我，她想跟言嵐方在一起，這樣才有意義，所以我決定繼續裝不知情，燦心表姊也答應會繼續勸姊姊，讓她鼓起勇氣對我坦白。

等姊姊告訴我，我一定要給她一個大擁抱，讓她知道我的真心話。

二〇一二年十二月五日

我真的受不了！

都跟言嵐方交往要一個月了，姊姊居然還是不肯對我開口。

就是因為姊姊太頑固，我跟燦心表姊才終於按捺不住，決定在昨天偷偷找言嵐方出來見面，跟他說明整件事。

但多虧了他，我才知道姊姊對我的愧疚，原來比我想像中還要深，姊姊甚至認為，從前我會害怕男生，都是她害的。

那明明不是姊姊的錯。

而且，在（我不想寫出名字）那兩個人死後，我的恐懼症就好轉起來，現在甚至還可以在臉書上丟私訊給言嵐方，主動跟他聯繫，所以姊姊根本就不需要繼續自責。

為了讓姊姊早日從罪惡感解脫，我決定主動出擊。

我跟言嵐方還有燦心表姊決定，今天放學後，讓言嵐方把姊姊帶到學校附近的速食店，而我跟燦心表姊則提前在店內等候他們，準備讓姊姊大吃一驚。

嘿嘿，結果計畫大成功！當姊姊得知我早就已經知道她跟言嵐方交往，並串通好要給她驚喜，居然激動到掉下眼淚。

我好久沒看過姊姊哭了，害得我也跟著一起哭，結果被燦心表姊嘲笑，說我們是愛哭鬼姊妹花，但明明她也眼眶泛淚啦，真的好好笑喔。

燦心表姊那天還幫我們三個人合照，並去照相館洗出三份照片給我們，我一收到照片就護貝了起來，今天是我最開心的一天，一定要好好保存做紀念。

我最喜歡的人就是姊姊，所以我也喜歡一直珍惜著姊姊的言嵐方，他真的是一個很溫柔的好人，姊姊能跟他相遇真的太好了。

不過現在應該要叫他嵐方哥了，嵐方哥說我可以直接這麼叫他。

希望姊姊跟嵐方哥能一直一直幸福下去。

二〇一二年十二月十九日

今天小鎂看到嵐方哥又送飲料給我，都說我有一個好姊夫，她超級羨慕。哈哈，雖然很好笑，但其實連我都羨慕自己。嵐方哥人真的很好，偶爾經過我的教室，他都會送飲料或零食給我，跟姊姊一樣非常照顧人。

當姊姊知道嵐方哥又來教室送東西給我，都會問嵐方哥跟我聊什麼，還開玩笑說如果嵐方哥偷偷說她的壞話，或是欺負我，一定要跟她告狀，她會修理他。

被這兩個人關心疼愛的我，真是幸福呀。

二〇一二年十二月二十五日

今天發生一件讓我在意的事。

嵐方哥特地來教室送我一份聖誕禮物，是粉紅色的耳罩式耳機，大概是之前跟姊姊他們去逛街，他聽到我的耳機壞了，就默默幫我買下來，準備好今天送給我。

但我收下禮物後，嵐方哥忽然問我，知不知道姊姊身上有一個大秘密？

我問他那是什麼意思，他卻沒說下去，只叫我不要告訴姊姊，如果我想知道，他會再透露給我。

姊姊知道嵐方哥有來送禮物給我，又問他有沒有說什麼。

雖然我很在意嵐方哥那句話，但我不想騙姊姊，所以老實告訴了她，結果姊姊沒什麼反應，只笑笑地說，嵐方哥是在跟我開玩笑，要我別當真。

可是不知道為什麼，我還是覺得怪怪的，感覺姊姊跟嵐方哥有點不對勁。是我多心了嗎？還是他們之間真的有發生什麼不愉快？

二〇一二年十二月二十七日

我很煩惱，因為我發現我越來越好奇嵐方哥說的秘密到底是什麼。

我曾想過會不會跟（我不想說出名字）那個人有關，畢竟這是我跟姊姊之間最大的秘密，莫非姊姊有把那件事告訴他？

我真的很擔心，也不想繼續懷疑姊姊，所以今天我傳了訊息給嵐方哥，結果嵐方哥很肯定地告訴我，姊姊最大的秘密，我一定不知道，他是基於擔心才會決定問我，因為那個秘密對我來說必定會是個巨大的打擊。

他要我這陣子暗中觀察姊姊，如果發現姊姊有不對勁的地方，就馬上告訴他。若他認為姊姊的狀況已經很嚴重，就會告訴我那個秘密，還說先不要告訴燦心表姊跟爸爸，不然情況有可能會變更糟。

所以我現在真的誰都不敢說，心裡很不安，不知道該如何是好。

難道姊姊真的有什麼嚴重的秘密瞞著我？

二〇一二年十二月二十九日

我現在非常害怕。

因為實在太擔心姊姊，今天我趁著姊姊出門跟嵐方哥約會，偷偷跑去她的房間，看會不會發現什麼，結果我在姊姊的衣櫃抽屜裡發現一個藥瓶，我取走裡頭的一顆藥錠，去問藥局的藥劑師，對方說這是安眠藥，屬於藥效快的那一種。

我有很不好的預感，告訴嵐方哥後，他竟然不怎麼意外，好像早知道姊姊手邊有這些安眠藥，在我的逼問下，他才終於向我透露姊姊的秘密。

他說，姊姊的身體裡有一隻怪物。

那隻怪物會讓姊姊為了我，變得失去理性，不顧一切去傷害別人，所以他希望我能和他一起幫助姊姊，他認為只有我能拯救得了她，還說姊姊藏起來的那些安眠藥，應該並不是自己吃，而是要給別人服用的。

我很震驚，嵐方哥的意思是姊姊曾經為了我去傷害別人嗎？

我不願相信這種事，嵐方哥卻說他有證據，可以證明姊姊確實不止一次做過這樣的事，但他不願親手破壞我們姊妹之間的感情，所以只會跟我說到這裡，希望接下來我能自己去找答案。

為了證實嵐方哥這些話的真偽，剛剛我去找了姊姊，向她提出一起跨年的建議。

我跟姊姊說，如果那天我可以整晚不睡，醒著到天亮，希望她能告訴我一個秘密，結果姊姊同意了，真是太好了！

雖然這個挑戰，對我來說幾乎是不可能的任務，但若不做到這種程度，我覺得姊姊不會輕易答應我，畢竟姊姊很聰明，應該猜得到我會突然這麼提議，必然有重要的原因。

姊姊不曾對我食言，我相信她不會說話不算話，只要我開口問她，她一定會誠實告訴我。

雖然我現在害怕得連手都在發抖，可是為了姊姊，我一定要勇敢起來，找出真相，然後想辦法幫助姊姊。
後天我絕對要挑戰成功！

讀到這裡，戴芮芮再也拿不住手裡的日記，日記本應聲掉落在地。日記裡寫的每一段回憶，猶如浪潮一幕幕湧進她的腦海，這份衝擊帶來的強烈暈眩，讓戴芮芮再也站不住，開始心悸，整個人軟癱在地，嘴裡溢出痛苦的喘息與呻吟，彷彿隨時都會倒下去，再也醒不過來。

這種感覺十分熟悉。

之前在店裡昏倒，她就感受過這樣的心悸和暈眩，只是這次強烈更多倍。

直至這一刻，她才終於恍然大悟。

她的體內一直存在著另一個人的靈魂。

她對過去的一切認知，全是經過那人的捏造及竄改，而非事實。

當她堅持伸手觸碰真相，對方就會強行蓋住她的耳朵和眼睛，不讓她看清迷霧之後的景象，甚至為了繼續掩蓋一切，不惜企圖殺害準備揭開真相的趙旻。

戴芮芮如墜深淵，哭得一把鼻涕一把眼淚，不願相信這個殘酷的事實。

「姊姊……」

她呼吸急促，對直到現在依舊想要阻止她的那人說：「姊姊，夠了，不要再為了保護我，阻止我看見真相了。姊姊，求求妳不要再這麼做了……」

在她心神俱疲、體力不支而昏厥過去前，有個人衝進房間裡。

那人抱起倒在地上奄奄一息的她，對她大聲呼喊，她很快聽出是趙旻的聲音。

儘管看不清他的輪廓，她仍清楚聽見趙旻現在喊出口的名字，不是戴芮芮，也不是戴容殷。

而是戴容儀。

# 第五章〈戀人〉

對戴容殷來說，她眼中的人類，是以「母親跟妹妹」、「其他人」、「怪物」這三個類型區分的。

溫柔慈愛的母親、可愛黏人的妹妹，就是她世界的中心，是她活著的意義，更是她幸福的來源。

然而她的世界裡存在著一隻「怪物」。

那隻怪物給她們帶來的無盡恐懼和淚水，讓她對他恨之入骨，卻又無力擺脫，無論逃去哪裡，那隻怪物總有辦法將她們抓回，沒人能救得了她們。

她不承認對方是父親，只覺得他是一隻會腐蝕這個世界的噁心臭蟲。

九歲那年，戴容殷看見怪物對母親動粗，氣得第一次大聲頂撞怪物，戴容儀為了保護她，竟挺身為她挨了怪物的拳頭，最後住進了醫院，戴容殷當時天天趴俯在妹妹的病床邊，哭著向神明許願，請求祂讓怪物永遠消失。

一年後，神明實現她的心願，還派了一名救世主到她的身邊。

某天幫母親買止痛藥回家，家門口竟站著一名相貌堂堂、西裝筆挺的英俊男子，戴容殷問他是誰，男子用溫柔悅耳的低沉嗓音告訴她，他的名字叫戴世綱，是母親的老友，打聽到母親住在這裡，特地過來看看她，當下還讚美戴容殷有一雙跟母親一模一樣的漂亮眼睛。

說不上是什麼原因，戴容殷無法對他產生戒心，知道怪物這時候不會在家，她便進家裡通知母親一聲，讓戴世綱見她。

母親看見男人，先是不敢置信，隨即掉下眼淚，戴世綱將她擁入懷中，兩人相擁而泣。看見這一幕，戴容殷默默走出家門，站在門口把風，以防怪物隨時會回來。

二十分鐘後，戴世綱走出來，親切地說要請她吃麥當勞，問她願不願意和他聊聊天，她答應了。

當時戴容殷就有一種直覺，這個男人或許可以保護媽媽，當戴世綱問了她許多關於家裡的事，戴容殷毫無保留地全說了出來。得知戴母不僅生了病，還跟著兩個女兒飽受虐待，戴世綱眼裡映滿深切的心痛跟不捨。

「戴叔叔以前跟媽媽是男女朋友嗎？你喜歡媽媽嗎？」她已經猜到兩人過去的關係。

戴世綱笑了，坦言不諱，「對，以前我跟妳媽媽很相愛，因為一些原因，我們分開了，但叔叔一直沒忘記妳媽媽，還是很喜歡她。妳會生氣嗎？」

「不會，媽媽一定也還很喜歡戴叔叔，不然她不會哭，平時就算爸爸打她，她也不會掉眼淚。既然媽媽喜歡戴叔叔，那我也會喜歡戴叔叔。」

「謝謝妳，容殷。」戴世綱語帶感動，隨即發現女孩的餐點幾乎沒有變少，「怎麼都沒吃？沒有胃口嗎？」

「嗯，我不太餓。」

戴世綱靜靜看她一會兒，「妳是不是想帶回去給妹妹，所以捨不得吃？」

沒想到會被他看穿，戴容殷很吃驚，低下頭吶吶坦言：「對……容儀最喜歡吃麥當勞了。」

「原來如此，容殷妳不僅乖巧懂事，還是個好姊姊。沒關係的，妳儘管吃，戴叔叔會再多買一份，讓妳拿回家給妹妹吃。」

看著戴世綱溫暖的笑容，戴容殷便不再客氣，伸手拿起眼前炸得金黃酥脆的雞塊跟薯條開心享用，把餐點吃得乾乾淨淨，一點屑屑也沒留。

最後戴世綱交給她一張名片，鄭重叮嚀：「容殷，這妳留著，倘若媽媽或妹妹有什麼事，妳就打上面的電話給我；如果妳想找我說話，也歡迎妳打過來。戴叔叔隨時等妳的電話。」

戴容殷答應了，小心翼翼地把名片拿在手上，像是對待珍寶一般。

起初戴母顧及女兒們的心情，不敢接受戴世綱的追求，但戴容殷後來偷偷帶著妹妹去跟戴世綱見面，戴容儀也深深喜歡上這個溫柔體貼的帥氣叔叔，最後在兩個女兒的大力支持下，母親才不再繼續拒絕戴世綱。

「姊姊，我好想世綱叔叔，他什麼時候會再來找我們？」

某天晚上，戴容儀睡在姊姊身邊，迫不及待地小聲問她。

「世綱叔叔有告訴媽媽，這幾天他比較忙，抽不出時間，保證後天一定會來。」她邊說邊幫妹妹蓋好被子。

「要等到後天嗎？我想要明天就能看見世綱叔叔。」戴容儀難掩失望。

「我也是。」戴容殷唇角一勾，「如果每天都能見到他，一定很棒對吧？」

「對呀，世綱叔叔變成爸爸的話，我們就可以每天見到他啦。」

聞言，她眼神微變，專注看著妹妹，「妳希望世綱叔叔變成我們的爸爸嗎？」

戴容儀忽而神情緊繃，膽怯地朝門邊看一眼，像是怕這些話會被門外的怪物聽見。

「姊姊，我開玩笑的，我們已經有爸爸了。」她用氣音說。

「我知道，我只是問問，如果可以讓妳實現一個願望，妳希望世綱叔叔成為我們的爸爸，永遠跟我們在一起嗎？」

那樣的未來是多麼美好，戴容儀光是想像，就情不自禁露出幸福的笑容，用力點下頭。

「那我們就一起許願，也許神明會聽見我們的心聲，實現我們的願望。」

「真的？」

「對呀，媽媽每次帶我們去廟裡拜拜，不是都說只要我們誠心許願，神明總有一天會實現我們的願望嗎？我相信媽媽的話，妳呢？」

「姊姊相信媽媽，那我就相信姊姊。」戴容儀眼角彎彎，露出天真可愛的笑容。

姊妹倆許下心願的一個月後，家裡的那隻怪物傳出噩耗，再也不會回來了。

怪物永遠消失後，她們無懼旁人的眼光和批評，讓戴世綱和他們一起生活。

戴容殷和妹妹一起想像的未來，真的實現了。

後來的兩年，是戴容殷此生最幸福的兩年。戴母安詳離世後，戴世綱對女兒們的愛非但沒少過，反而比從前更多，甚至表示今生不會再娶，會傾盡一生守護兩個女兒。

戴世綱的癡情，連江燦心都感動不已，經常向戴容殷大力讚美他。

某日放學，她們約好逛街，江燦心一邊吃著香草冰淇淋，一邊嚷嚷：「妳知道嗎？今早我跟我爸又大吵一架，我什麼都沒做，他就莫名其妙兇我一頓，妳說他是不是有病？」

「會不會是因為發現妳的裙子又變短了？」戴容殷伸手拉拉她那短到快要露出內褲的制服裙裙襬，無奈一笑。

國一的江燦心就已經是個早熟叛逆的少女，每天打扮時髦，會化妝上學，交過三個男朋友。每次和好學生形象的戴容殷走在路上，總會引來年輕男孩欣賞的目光。

「他管我？他自己成天在外面搞外遇，把家裡搞得雞飛狗跳，有什麼資格教訓我？這種人根本不能和姨丈比，光是要開口叫他爸，我都覺得噁心得要命！」她憤慨不已。

「可是我爸也是在我媽還有婚姻的情況下，就跟她在一起了耶。」江燦心瞪她一眼，立刻幫戴世綱說話：「那不一樣，如果是我，我也會鼓勵阿姨跟姨丈在一起，不准拿姨丈跟那個只會打老婆小孩的爛男人相提並論。」

「好好好，不要生氣。妳媽媽最近好嗎？」戴容殷拍撫她的背。

「就老樣子呀，因為我爸的關係，她失眠的毛病一直好不了，都不知道吃了多少安眠藥了，都快被他們煩死了。」江燦心深深嘆息，「還是姨丈最好了，長得英俊又溫柔專情，希望我以後也找得到這樣的對象。如果他不是年紀比我大得多，又是我姨丈，我一定會喜歡上他的，哈哈。」

戴容殷眼神深沉，笑而不語。

「怎麼不說話？難不成妳也跟我一樣？」江燦心開玩笑，發現戴容殷依舊不吭聲，嗅出不對勁，瞪大雙眼，「容殷，妳不會真的喜歡姨丈吧？」

「我當然喜歡我爸爸啊。」

「不是啦，我是說……」

「我知道，所以我才回答妳。」

迎上江燦心震驚的眼神，戴容殷呵呵一笑，「妳放心啦，對我來說，爸爸永遠都是爸爸，我從沒有過其他的念頭。妳可以幫我保密嗎？」

「當、當然，我打死都不會跟任何人說。」

江燦心瞬間食欲全失，把剩下一半的冰淇淋丟進路邊的垃圾桶，回頭挽住她的手，「那妳是什麼時候喜歡上姨丈的？」

「不記得了，可能是第一次見到爸爸的時候，也可能是後來不知不覺喜歡上的，總之就是很早以前。」發現江燦心眼神浮現哀傷，她納悶，「妳怎麼啦？為什麼一副快哭出來的樣子？」

「因為……這樣不就表示，妳的感情不會有結果嗎？要是妳一直都喜歡姨丈，那該怎麼辦？」

戴容殷忍俊不住，「妳想太多了，我才國一耶，以後我還會遇到更多男生，遲早會喜歡上別人的，妳也可以介紹妳欣賞的男生給我認識呀。」

「蛤？可是我欣賞的男生就只有姨丈耶，怎麼辦？」江燦心一臉煩惱，戴容殷笑得更大聲，她最後也忍不住跟著笑出來。

此時兩名別校的國中男生朝她們走去，戴著細框眼鏡、臉上帶著酒窩的男孩笑笑調侃二人：「遠遠就聽到妳們兩人誇張的笑聲啦，江燦心，妳的笑聲真的很沒有氣質耶。」

「要你管？我跟你很熟嗎？不要隨便跟我講話。」江燦心目露凶光，不客氣地朝他開嗆。

「兇什麼兇？不講就不講。」他聳聳肩，看向她身旁的女孩，「容殷，我明天可以去妳家玩嗎？我借到上次跟容儀說的那張ＤＶＤ了，想找妳們一起看。」

「好呀，要不你明天再來我家過夜吧？可以跟你玩一整天，容儀會很高興。」

「容殷，我也要去睡妳家！」江燦心馬上說。

「太好了，那我又可以跟江燦心妳比圍棋了，上次我沒拿出實力，這次我絕對會贏妳。」他對江燦心下挑戰書。

「林晟，你好土，居然玩圍棋，那是我爺爺那一輩在玩的耶。」

林晟的友人笑著奚落他，這個男孩有雙讓人印象深刻的單眼皮眼睛，外號瓶子，是林晟的死黨。

「屁啦，妳這種想法才土，沒看過《棋靈王》嗎？」他反駁。

「林晟，你真的很輸不起。比就比，這次我一定讓你輸得心服口服。」江燦心得意收下戰帖。

林晟跟瓶子離開後，戴容殷失笑問她：「妳幹嘛每次都對林晟這麼不客氣？」

「因為我覺得容儀比起我，更喜歡林晟啊，明明我最常陪她玩。哼，明天比圍棋，我一定會讓林晟慘敗，讓他在容儀的面前丟臉。」她一臉不服氣。

「不要這樣啦，容儀有我們這兩個姊姊，但哥哥就只有林晟。而且林晟真的對容儀很好，我聽玉妍嬸嬸說，林晟一直想要有個妹妹，但林晟對我沒有妹妹的感覺，他說跟我相處就跟同齡朋友相處一樣，所以疼不下去。讓容儀有我們這些哥哥姊姊的疼愛，不是很好嗎？妳就別吃醋了。」

「是沒錯啦，但妳真的太寵容儀了，我從沒見過有這麼溺愛妹妹的姊姊。」話一出口，江燦心就後悔了，趕緊澄清：「容殷，我不是在抱怨容儀，妳不要生氣！」

「我沒生氣呀，也沒有覺得妳是在抱怨容儀，妳幹嘛這麼緊張？」她笑起來。

「因為……去年妳為了容儀溺水的事，跟我絕交那麼久，我怕自己又說錯話，惹妳不高興啊。如果我再犯，不知道妳又要不理我多久了。」她低頭攪弄起自己的手指，語氣充滿不安。

戴容殷沉吟片刻，挽住她的手，跟她繼續在街道上步行，「對不起啦，那次是我反應過度了。當我看到容儀因為我們而發生意外，必須緊急住院，我就想起以前她替我挨拳頭，躺在醫院昏迷不醒的那段回憶；我沒有辦法接受自己沒能保護好容儀，還害她再次面臨生命危險，才忍不住把氣出在妳身上，不是真的在怪妳。」

「原來是這樣……那我就放心了。可是，妳根本不需要為容儀替妳受傷的事那麼自責，那不是妳的錯，錯的是對妳們動手的那個壞蛋！」

戴容殷倔強搖首，「是我的錯，我明知道只要回嘴，那個人就會動手，我卻還是這麼做了，所以確實是我害了容儀，不管發生什麼事，當時我都應該忍下來；去年容儀出事時，我媽已經不在了，要是再失去容儀的話，我……」

見戴容殷沒說下去，江燦心才發現她哽咽了，這是她第一次對江燦心傾吐心中最大的恐懼。

江燦心握緊她的手，當場向她保證：「容殷，妳放心，容儀絕對不會再遇到危險，我會跟妳一起保護她。以後誰敢欺負容儀，我絕對一拳打飛他！」

聽江燦心這麼說，戴容殷重展笑顏，「那我就替容儀謝謝我們的表姊嘍。」

然而幾個月後，戴容儀卻出事了。

她忽然開始躲避最喜歡的堂哥，並經常在半夜驚醒尖叫，無法再去上學，經過醫師治療，也沒有明顯起色。

看著原本活潑開朗的女孩完全變了個人，戴世綱跟戴容殷憂心忡忡，心疼不已，不管戴容殷怎麼問，戴容儀都堅持不肯說出自己發生什麼事。

那時林晟已經沒再來家裡，僅透過電話跟訊息向戴容殷關心戴容儀的情況，得知戴容儀變得恐男，還難過表示如果有他能幫得上忙的地方，儘管跟他說。

只是到了後來，林晟也漸漸不再主動聯繫，一心只想著妹妹的戴容殷，倒也沒多在意，因此沒有察覺出事有蹊蹺。

一年後，戴容儀升上國中，交到小鎂這個知心好友，開始不再排斥上學。雖然還是沒有辦法跟異性相處，卻已經是很大的進步，讓戴容殷深感欣慰。

某天戴容儀和小鎂一起去圖書館，戴容殷將妹妹洗好的衣服放進她的房間，瞥見戴容儀的書櫃時，意外注意到一件事。

戴容儀從八歲開始就養成寫日記的習慣，每年寫完一本，她就會依照年份整齊擺進書櫃裡。

若不包含今年的，現在應該會有五本日記在戴容儀的書櫃裡，然而戴容殷卻只看見四本日記，於是她來到書櫃前，確認日記本封面上的年份，發現少的是去年的日記本。

她接著走到書桌前，打開第一層抽屜，裡面放著妹妹今年的日記。

容儀把去年寫的日記放哪去了？為何不選擇放上書櫃？

難道有什麼理由，讓她不想放在本來應該在的地方？

思考到最後，戴容殷確定妹妹是故意把去年的日記藏了起來，至於她這麼做的理由，戴容殷很快就聯想到她去年開始出現的異狀。

緊接著，戴容殷將妹妹的房門關上並上鎖，開始仔細搜尋房間裡的每個角落。最後，她從放在置物櫃底層的木箱裡，發現被牛皮紙袋包得嚴密的一樣物品，上頭再用布紋膠帶牢牢封死，像是不想讓人看見裡頭的東西。

她用刀片將膠帶割開，攤開牛皮紙袋，發現包在裡面的正是戴容儀去年的日記本。

儘管知道這麼做是不對的，戴容殷最後仍決定翻開日記，開始閱讀起來，看見妹妹在日記裡鉅細靡遺寫下林晟和瓶子去年起對她犯下的各種惡行。

林晟利用戴容儀的單純天真，以及對自己的仰慕及依賴，哄騙她和自己談戀愛，並在兩人單獨相處時，多次用手機播放情色影片給她觀看，最後誘導戴容儀和自己發生關係。

後來林晟也讓瓶子對戴容儀伸出魔爪，瓶子跟爺爺一起住，爺爺不在的時候，兩人就會把戴容儀帶到瓶子的家裡侵犯，還用手機拍下容儀的各種不堪照片；為了不讓戴容儀把事情說出去，兩人不斷對她進行各種恫嚇與威脅，讓戴容儀不敢跟任何人求救，只能把這些痛苦寫在日記裡。

看見多數紙張摸起來皺皺的，像是被水沾濕過，戴容殷立刻知道這是妹妹的眼淚，她都是一邊流下恐懼的淚水，一邊寫下這些秘密。而這份回憶太痛苦，她最後才會把這本日記徹底藏起來，不願再回顧。

看起來人畜無害的林晟，竟對堂妹做出這種禽獸不如的事。連戴容殷都不曾察覺到他那張良善面孔下的真面目，還一次次找林晟來家裡，親手將心愛的妹妹推向對方的魔爪之中。

那一天，戴容殷聯繫林晟，得知他跟瓶子在外面，表示想跟他見個面。

一小時後，林晟獨自到速食店跟她會合，笑容可掬道：「容殷，好久不見，妳找我有什麼事嗎？」

「我想找個人說話，但燦心今天沒空，所以只好找你。我已經快被容儀搞瘋了，再不發洩，我會受不了的。」

聞言，林晟眼中流露出深切的好奇，「怎麼啦？容儀發生什麼事嗎？妳看起來精神好差。」

「容儀今天跟我說，她不想去上學了，甚至要我也別去上學，留在家裡陪她，不然從明天起她就不吃飯。我真的覺得她很不懂事，不想想我跟爸爸為了她，已經多久沒有自己的時間，我真的覺得快要喘不過氣。」她低頭扶額，話音充滿濃濃不悅及不耐。

林晟面露同情，小心翼翼安慰：「容殷，辛苦妳了，我以為容儀的情況已經好很多了……我還是第一次聽妳這樣抱怨容儀，可見妳的壓力有多大，有沒有什麼我能幫妳的？」

「不用啦，你幫不上忙，你只要聽我說說話，順便推薦一些搞笑影片給我就好，你以前分享給我的那些影片都很好笑，我想多看有趣的東西來轉換心情。」

「沒問題，我最近有在追一位很有趣的網紅，他會模仿各種名人，妳一定會喜歡，我現在傳給妳。」他拿出手機。

「你的手機借我看吧，跟你通完電話，我的手機就沒電了，放在家裡充電，沒帶出來。」

「哦，好吧。」林晟也不猶豫，搜尋到影片，就把手機交給她。

「謝了，林晟，你就好人做到底，再幫你可憐的堂妹一個忙吧。我剛剛急著上來占位子，還沒有點餐，你可以去樓下幫我點一份雞塊餐嗎？我剛才被容儀氣到吃不下飯，現在肚子餓了。」

「好，那我再幫妳點一份冰淇淋，多吃點甜的，妳心情應該就會好一點了。」他莞爾一笑，就拿著錢包下樓。

現在店裡客人多，料到林晟不會馬上回來，戴容殷跳出影音平台，進入林晟的通訊軟體，查看他跟瓶子二人的對話，順利找到他們去年對戴容儀犯下惡行的關鍵內容，證實妹妹會變成這樣，全是林晟跟瓶子一手造成。

端了兩份餐點的林晟回來，發現戴容殷把手機放在桌上，依舊悶悶不樂，關心說：「我給妳看的影片不好笑嗎？」

「是很好笑，但我還是開心不起來，可能要找到更好玩的事，我的心情才能真正好轉。你跟瓶子最近有沒有什麼有趣的活動，可以讓我參與？」

從他跟瓶子的聊天內容，戴容殷得知林晟近日會在半夜偷開父親的車子，和瓶子出去兜風，於是用這種方式引導，以兩人的交情，她認為林晟也許會願意跟她透露。

果不其然，林晟面露猶豫，接著神神秘秘道：「我偷偷告訴妳一件事，妳不要說出去。上個月我爸買了一台新車，我偶爾會趁他晚上睡著後，偷開他的車出去。」

「真的？你好大膽，都沒被發現嗎？」她故作吃驚。

「當然沒有，不然我早就被我爸媽狠狠修理了。昨晚我跟瓶子才開我爸的車到港口繞繞，真的很過癮，妳會想參與嗎？我是信任妳才告訴妳的，妳千萬不能跟我爸告狀。」

「我當然不會出賣你，下次你再跟瓶子出遊，記得算我一份。我從來沒有在半夜出去過，一定很刺激有趣。」

「好，那我跟瓶子討論一下，日子確定就通知妳，妳一定要保密。」

「我會的，你也要保密我們今天說的話，不能讓任何人知道我向你抱怨容儀。」

「沒問題，一言為定。」林晟勾起唇角。

回家後，戴容殷打給江燦心，表示希望明天能去她家玩。

隔天上午，她帶著戴容儀去江家，江燦心的父母正好不在，三個人就在客廳裡開心玩遊戲機。

玩到一半，戴容殷以上廁所為藉口離開客廳，悄悄進到江燦心父母的臥室，很快在梳妝台的抽屜裡找到一盒藥罐，是江母平時在服用的安眠藥。

戴容殷取走幾顆安眠藥，放進自備的小藥瓶裡，再把藥瓶收進口袋，回到客廳。

兩天後林晟聯繫她，他跟瓶子預定明晚出遊，要戴容殷凌晨一點半在家門口等候，他們會過去接她。

凌晨一點二十分，戴容殷打電話給林晟，確定他快要抵達，語氣緊張道：

「林晟，完蛋了，我剛剛被我爸發現我要偷溜出去。」

「真的假的？那該怎麼辦？」他慌起來。

「你放心，我沒有把你跟瓶子抖出來，你們就自己去吧，我準備好一袋零嘴跟飲料，本來是想在兜風時跟你們一起吃的，但我確定是出不去了，你過來把那袋零食帶走吧，我已經放在我家門口的信箱下面。」

「真的？可是這樣對妳很不好意思。」

「不用這麼說，是我自己不小心被抓到，以後有機會，你再載我去兜風。對了，我準備的飲料是你喜歡的現榨果汁，我幫你冰了起來，你們拿到後盡快喝，不然就不好喝了。」

結束這通電話，戴容殷走到窗前，看著幾分鐘後開車抵達的林晟，開心將那袋零食取走，最後和瓶子消失在濃濃夜色裡。

那是她最後一次見到林晟。

林晟開車駛離她家不到半小時，車子就失控撞上電線桿，在路邊起火燃燒，人跟車子被燒得面目全非，無法辨識。

林晟的慘死，讓玉妍嬸嬸因為傷心過度倒下，沒有出現在告別式上，戴容殷看見妹妹從頭到尾臉色蒼白，雙唇緊抿，臉上掛著兩行晶瑩的淚水。

當晚戴容殷去敲妹妹的房門，發現一直沒有回應，決定開門進去，才發現她趴在書桌上睡著了，桌上放著幾本參考書跟筆記本，她猜到妹妹是在準備即將到來的段考。

戴容殷瞥見妹妹在筆記本上的角落，寫下「只有我覺得高興，這樣是對的嗎？」這句話。儘管沒有前言後語，她仍知道妹妹寫的是什麼。

在被那二人狠心摧殘之後，戴容儀還會為這個念頭感到罪惡，足見她是個多麼善良的女孩。

當戴容儀醒了，發現姊姊就站在旁邊，很快意識到什麼，嚇得趕緊用手遮住筆記本上的那段文字。

「容儀，林晟跟瓶子死了，妳覺得高興嗎？」

女孩臉色發白，拚命搖頭，結結巴巴，「沒、沒有。姊姊，我……」

「我很高興喔。」

「什麼？」她傻住。

「林晟跟瓶子其實做了許多傷天害理的壞事，所以我很討厭他們，也後悔沒能早點發現他們的真面目。他們會死，是他們的報應，不值得同情，若容儀妳也不喜歡他們，我完全可以理解。」

戴容儀愣愣然，不敢置信，「真的嗎？」

「當然是真的。」

戴容儀的淚水浮上眼眶，積壓已久的情緒爆發出來，當場泣不成聲。

「姊姊，他們、他們……嗚嗚，他們……」

戴容殷緊緊抱住她，跟著淚流滿面，「我都知道。容儀，對不起，都是我害妳的，是姊姊沒能保護好妳。從明天起，我們再也別提那兩個人的名字，這是我們永遠的秘密，我保證不會再讓任何人傷害妳。」

姊妹倆的哭聲，驚動到戴世綱，以為女兒們起衝突，連忙跑過來關切。看見剛洗好澡的父親，連頭髮都還來不及吹，一臉狼狽地出現，兩人同時破涕為笑，騙父親她們是為了林晟遭遇的不幸而難過，並非姊妹吵架。

許是最大的恐懼跟威脅消失了，林晟死後，戴容儀的恐男症有了明顯改善。

聽到戴容儀的好友小鎂說，她已經能跟班上的男同學有互動，戴容殷欣慰不已，相信妹妹痊癒是遲早的事。

將妹妹跟父親視為一切的她，不止一次被江燦心調侃，以後恐怕很難找到男朋友。孰料升上高中之後，戴容殷就遇到了令她在意的男孩子。

某次在走廊上跟他擦身而過，戴容殷的目光就不由自主追逐著他，後來，她得知了這個長相斯文，看起來個性安靜的男生，名字叫言嵐方，跟她是同屆的學生。

然而當時戴容殷沒有主動去認識他，直到升上二年級，她跟言嵐方被編入同一個班級，才有了接觸他的機會。

開學第一天，戴容殷就聽見她後座的一名男同學，不斷跟鄰座的男生說言嵐方的壞話，彷彿跟他有什麼深仇大恨。

這名男同學的女友，正好是戴容殷的朋友，戴容殷去詢問對方，得知這名男同學從去年就毫無理由看言嵐方不順眼，經常處處針對他，還會慫恿其他同學冷落他，怎麼勸也勸不聽。

兩天後，身為班長的戴容殷，因為出席幹部會議而留校，原本打算直接從會議室回家，但她臨時決定回教室去拿個東西，結果意外發現言嵐方也在回教室的路上，旋即想起他今天是值日生，應該是為了幫老師處理開學的事務，才會留到現在。

言嵐方進教室時，兩個男同學也從教室走出來，其中一個就是看他不順眼的那名男生，對方故意狠狠撞一下言嵐方的肩膀，把他手中拿的幾本書撞到地上，隨即冷笑一聲，大搖大擺地離去。

戴容殷沒有馬上隨言嵐方的腳步進教室，而是站在門口靜靜觀察他，發現言嵐方走到了那名男同學的課桌前，桌上放著一個咖啡色的錢包，應該是男同學忘記帶走的。

她看著言嵐方伸手拿走那個錢包，放進自己的課桌抽屜裡，接著揹上書包離開，戴容殷立刻後退幾步，裝作現在要走進教室，結果跟他不期而遇。

「班長，再見。」言嵐方給她一個友善的微笑。

「嗯，再見。」

由於還不熟，兩人當下沒有繼續多聊，言嵐方離開後，戴容殷就走去他的座位，從抽屜裡拿出那個錢包。

她不認為言嵐方是想報復，才故意把對方的錢包藏起來。如果他不想之後被找到證據，應該會直接把錢包帶走才對。

戴容殷思考半晌，最後把錢包放進自己的書包。

離開學校時，那名男同學也匆匆往教室的方向跑回去，沒有發現到她。

找不到錢包的男同學，隔天到處散播言嵐方是小偷的謠言，還跑去搜刮他的課桌抽屜跟書包，結果當然什麼也沒搜到。

那日中午，戴容殷找了幾個女同學，約男同學的女友一起吃飯，趁著大家熱烈聊著這起偷竊事件，她神不知鬼不覺將失蹤的錢包，放進那名女同學的隨身袋裡。

之後的發展，就如戴容殷所預料的，女同學在自己的隨身袋裡發現男友的錢包，立刻通知了男友，午休一結束，戴容殷看見男同學臉色難看地跑出教室，一路尾隨他來到隱密的樓梯間，不久拿出手機，將男同學說要讓言嵐方繼續揹黑鍋的發言清楚錄下，寄到導師的電子郵箱裡。

隔天，言嵐方寫字條給她，請她放學後留下。

「你找我有什麼事？」確定眼下沒其他人在，戴容殷才開口問他。

「錢包的事情，妳知道是怎麼回事嗎？」

言嵐方不是笨蛋，原本藏在抽屜裡的錢包不翼而飛，他必然會想到昨天「真正」最後離開教室的她，並且猜到她有看見他偷竊。

戴容殷對他嫣然一笑，「抱歉，我不懂你的意思。」

言嵐方靜靜看著她，不久也跟著莞爾，低聲說：「多虧妳伸出援手，我才能證明自己的清白，很謝謝班長。」

「你怎麼這樣叫我？難道你不曉得我的名字？」

「當然曉得，妳是戴容殷。」

自那天起，她跟言嵐方成了朋友，兩人的感情與日俱增。

有了那個共同的秘密，戴容殷便沒想過要去問言嵐方，當時他為何要留下偷竊的證據。

後來，江燦心撞見他們兩人出現在電影院，當晚在電話裡對戴容殷說了一句：「我覺得，我好像知道妳為何會喜歡上言嵐方。」

「嗯？為什麼？」

「因為……」江燦心吞吞吐吐，將後面的話說得特別小聲，戴容殷必須把手機貼在耳邊才聽得見，「今天我看見言嵐方的時候，其實有點嚇一跳，該怎麼說呢……我總覺得他這個人的氣質，跟姨丈有一點相似，所以我才在想，妳是不是因為這樣才會被他吸引？畢竟妳一直都喜歡著姨丈，不是嗎？」

一會兒後，戴容殷坦言，「或許是妳說的那樣吧，但我對言嵐方的感情也是真的。而且，我其實沒想過跟言嵐方在一起。」

「為什麼？妳不是真心喜歡他？」她吃驚。

「我是呀，我也想過如果真的能跟他在一起，應該會很幸福，可是那樣會讓我覺得，我好像把容儀給丟下了。我不喜歡這樣。」

「妳怎麼這麼說呢？妳又不是跟言嵐方交往，就再也不管容儀了。」

「話是沒錯，只是我覺得我虧欠容儀太多，每次看著容儀，我就會覺得我沒資格這麼做。」她低語。

想起妹妹曾經遭遇過的那些殘酷，戴容殷至今依然覺得心如刀絞。

「戴容殷，妳不要說這種話。」江燦心動了怒，忍不住提高音量，「我不許妳有這種念頭，更不許妳為了容儀，決定放棄掉對言嵐方的感情。就算容儀不允許，妳也不可以委屈自己。妳好不容易終於遇到想要在一起的人，一定要給我好好把握，要不然我就不理妳了！」

知道江燦心是真心替她著想，戴容殷笑著安撫她，「好啦，我會把妳的話聽進去，妳別這麼激動。總之這件事，妳一定要替我瞞著容儀，不可以告訴她。」

結束這通電話後，戴容殷就發現外出聚會的妹妹回來了。

兩人一起吃完晚餐後，戴容殷不經意提到平時跟妹妹要好的小鎂及扇扇，結果戴容儀一臉委屈地說出扇扇私底下是如何中傷她，又是如何到處散播他們家的謠言，讓戴世綱繼續被人批評議論。

看見妹妹因為極度自責，泫然欲泣的模樣，戴容殷當下溫柔安慰她，要她不必在意扇扇說的話，並肯定扇扇遲早會踢到鐵板。

幾天之後，戴容儀放學回來慌張告訴她，扇扇疑似在網路上得罪到人，被對方抓去修理得很慘，現在已經休學。一切真如戴容殷所預言的那樣，欺負戴容儀，還到處污衊戴世綱的扇扇，最終嚐到了苦頭。

扇扇的事情，以及他們家的故事，戴容殷在母親的忌日之後，也統統說給言嵐方知道。

看見言嵐方由衷心疼她過去的遭遇，並用溫柔的笑容告訴她，他完全可以理解她，戴容殷忽然無法再壓抑心中的情感，情不自禁向他告白，而言嵐方最後用一個熱情的擁抱回應她。

得知戴容殷跟言嵐方順利成為戀人，江燦心喜出望外，不斷鼓勵戴容殷把這個消息告訴戴容儀。

戴容殷何嘗不想得到妹妹的祝福，然而只要看見妹妹的臉，她就會想起那段足以讓她痛恨自己一生的往事，導致遲遲提不起勇氣對妹妹開口。

因此，當她最後看見妹妹夥同江燦心和言嵐方，在速食店給她一個大驚喜，對她送上最真摯的祝福，戴容殷無法壓抑住激盪的情緒，不禁淚流滿面，覺得終於可以試著原諒自己。

然而，戴容殷的這一段幸福時光，並沒有持續多久。

得到戴容儀的祝福之後，沒過幾天，言嵐方告訴她，他為她們的姊妹情深動容，更為戴容儀為了姊姊的幸福，努力克服對異性的恐懼，真心接納他而感動，不知不覺間，他也開始為這個善良乖巧的女孩動了心。

整整十秒鐘，戴容殷動也不動看著他的眼睛，開口確認：「你是說你喜歡上容儀了？」

「嗯，但我不是移情別戀，我依然喜歡容殷妳，可是我也喜歡容儀。如果可以，我希望可以跟妳們兩個在一起。」言嵐方語氣認真，沒有一絲玩笑意味。

「你是認真的？」

「對，我認真的，我是真的想要得到容儀，如果妳願意幫我說服容儀，讓她接受我，我會很感激妳，今後也會加倍對妳好。」

「你可以毫無顧忌對我說出這種話，是認為我真的有可能答應你嗎？」

「我知道妳不會容易答應，但我也不想繼續壓抑自己的感情，如果妳真的不願意這麼做……也許我會考慮把妳的秘密告訴容儀。」

「什麼秘密？莫非是我曾經隱瞞你偷竊的事？」她第一次主動說出這件事。

「不，是其他的。」言嵐方搖頭，態度從容，「好比說，之前一直欺負容儀，那個叫扇扇的女孩子，她會遭遇到那麼可怕的事，是因為容殷妳吧？是妳找人傷害扇扇的，對不對？」

戴容殷面不改色，語氣平板，「你到底在說什麼？」

「我不會在沒有半點證據的情況下，對妳說出這樣的話，我手邊確實有容殷妳找人傷害扇扇的鐵證。要是妳認為我在虛張聲勢，那也無妨，等我把證據親手交給容儀，妳就會相信了。妳覺得容儀到時會有什麼反應呢？一定大受打擊吧。」

她沒有回應。

言嵐方繼續悠悠說下去：「當然，容儀知道妳是為了替她討回公道，可能會選擇諒解妳。可是，若容儀知道妳還為了她殺了兩個人呢？妳絕對不會想讓容儀知道這件事吧？」

「你說什麼？」

「妳的堂哥，還有妳堂哥的朋友，他們會死於車禍，也跟妳有關吧？」

言嵐方眼角彎起，笑得不寒而慄，「當妳告訴我，向來喜歡妳堂哥的容儀，有天突然開始躲他，並罹患了恐男症，我就有猜到，妳堂哥可能對容儀做了十分殘忍的事，才導致她生病，也讓妳不惜對他們痛下殺手。我知道妳不會承認，但妳一定是清楚一切的；不只是妳堂哥跟他朋友，我甚至認為，妳生父的死，跟妳也脫不了關係。坦白說，妳的繼父確實最有可能殺害妳生父，可是我越了解妳，就越覺得真正下手的人是妳。曾經深深傷害容儀的人，每一個都遭遇慘事，未免太巧了。倘若不是從妳口中聽聞這些事，再親眼看到妳有多麼珍惜容儀，或許我也不會真的開始懷疑妳。」

說完，言嵐方伸手握住她僵硬冰冷的手，用最溫柔的語氣，說出最殘酷的話：「如果不想讓容儀知道妳為她做過的事，就請妳實現我的心願。容儀最喜歡妳了，只要妳開口，她一定會考慮接受我。我無論如何都想盡快得到容儀，所以無法耐心等太久，希望這個月就能等到妳的好消息。」

那天之後，言嵐方開始會在下課時間以去圖書館作為藉口，特意經過戴容儀的班級，送零食跟飲料給她，意圖跟戴容儀變得更親近，同時對戴容殷施加壓力；當晚戴容殷也會問妹妹，言嵐方今天跟她說了什麼，確認言嵐方還沒有真的對妹妹開口。

兩人每次在教室門口相談甚歡，發現站在對面遠遠看著他們的戴容殷，會開心地對她招手，卻只有戴容殷知道，言嵐方對她綻放的溫柔微笑，藏著怎樣的可怕心思。

聖誕節那天，言嵐方送戴容儀一副粉紅色的耳罩式耳機，同時告訴她，戴容殷的身上有一個大秘密。

看見妹妹的純真眼神出現一絲懷疑跟不安，戴容殷莞爾一笑，「他是在對妳開玩笑，妳不用當真。」

然而她心裡清楚，言嵐方已經沒耐心再等下去。

他是真的不打算給她退路了。

「如果妳真的做不到對容儀開口，沒關係，跨年之前，妳讓容儀跟我單獨見面，後面的事我會自己看著辦。要是那天我沒能見到容儀，我就只好讓她知道一切了。」

收到言嵐方這條訊息後，戴容儀也走進她的房間，向她提出一起跨年的邀請。戴容儀告訴她，如果那天她能醒著迎接日出，希望戴容殷可以對她說一個秘密。

迎上妹妹堅定的眼神，她答應了。

十二月三十一日傍晚，戴容殷傳訊息給言嵐方，告訴他今晚十點半左右，她會偷偷去學校，假裝在學校發生意外，把戴容儀騙到教學大樓頂樓，要言嵐方在那裡等她。

她從來就不曾拒絕過戴容儀的要求，這次也是一樣。

但唯有這次，她必須對最珍愛的妹妹食言了。

◆

戴芮芮從漫長的夢境裡睜開眼睛，看見一片模糊的白。

待視線變得清明，才發現那是病房的天花板。

身體疲軟無力，四肢也痠麻不已，她忍不住呻吟一聲，下一秒，兩張熟悉的面孔映入她的眼簾。

「芮芮，妳醒了！」

江燦心喜出望外，一旁的趙旻見狀，立刻去叫醫生。

醫生為她做檢查的過程中，戴芮芮得知自己在趙旻家昏厥過去，已過了整整三天，檢查結果沒有出現異狀，醫師表示她身體太過虛弱，建議她再住院一天觀察看看，待體力復原再出院。

醫生跟護理師離開後，江燦心溫柔握住她的手，「芮芮，妳肚子餓不餓？要吃點什麼嗎？」

戴芮芮深深望她半晌，情不自禁低喚一聲：「燦心……表姊。」

江燦心睜圓雙眼，不敢相信自己的耳朵，「芮芮……妳叫我表姊？只有容儀會這樣叫我，莫非妳想起自己是容儀了？」

她點點頭。

江燦心情緒激動，眼眶紅了起來，「太好了，太好了。容儀，太好了……」

接著，她整個人泣不成聲，在戴芮芮跟趙旻的連番安撫下，才漸漸平復情緒。

戴芮芮感覺自己作了一場很長的夢。

當她記起那些夢境，並看見江燦心的淚水，忍不住跟著潸然淚下。

江燦心自始至終都知道，她不是戴容殷，而是戴容儀。江燦心不僅隱瞞她整整十年，也在身邊守護了她十年。

「容儀，妳都想起來了，那妳也知道十年前的跨年夜，究竟發生什麼事，對不對？」江燦心緊張詢問。

戴芮芮閉上眼睛，拼湊腦海裡的那些碎片，哽咽回應：「……對，我知道。那天晚上，我跟姊姊一起在家等跨年，姊姊見我睏了，主動說要去幫我泡杯咖啡，後來我發現，姊姊似乎先去一趟房間，才去廚房，我偷偷過去看一眼，發現姊姊手裡拿著她用來裝安眠藥的藥瓶，丟了一顆安眠藥在我的咖啡杯裡。知道姊姊對我下藥，我先裝作不知情，配合地喝下幾口咖啡含在嘴裡，再趁她不注意時全吐到衛生紙裡，接著假裝藥效發作，躺在沙發上裝睡，然後……」

連吸幾口氣，她竭力穩住呼吸，哭著往下說：「然後，我發現姊姊從房間再出來時，她把她的長髮，剪到跟我一樣短，還穿上我最常穿的一套白色連身長裙，接著離開了家，我跟在她的後面，她去了學校的教學大樓。我跟著她到頂樓，最後發現言嵐方也在那裡，過沒多久……姊姊跟言嵐方一起摔下大樓，我衝過去，大聲呼喊姊姊，結果眼前突然一片漆黑，之後就什麼印象也沒有了。」

想起姊姊消失在大樓頂樓的最後身影，戴芮芮心如刀割，淚流不止，「燦心，姊姊為了我，為了從言嵐方手中保護我，她殺了言嵐方，姊姊她……」

江燦心伸手將說不下去的戴芮芮擁入懷裡，陪她一同哭泣。幾分鐘後，她伸手為戴芮芮擦眼淚，啞聲說：「容儀，妳說容殷是為了保護妳，所以殺了言嵐方，這件事妳是怎麼知道的？」

戴芮芮眼神空洞，吶吶道：「在我想起自己其實不是戴容殷，而是戴容儀的時候，我就看見其他沒有看過的記憶，那不僅是姊姊的真實記憶，也是我的真實記憶。於是我才發現，這些年我所記得的一切，跟事實有著極大的落差，就好像這十年來，姊姊的靈魂一直住在我的身體裡，她為了不讓我看見當年的真相，也不讓我想起過去經歷的那些痛苦，不惜捏造出另一份記憶，並讓我忘記自己是戴容儀。燦心，我現在腦中一片混亂，不知道要怎麼接受這種事，也還有很多事都想不明白。」

「容儀，我懂妳的心情。妳別急，所有妳不明白的事，我跟趙旻會一五一十跟妳解釋清楚。」江燦心看向身旁的趙旻，「可以先讓我們單獨談嗎？」

趙旻頷首，靜靜看了戴芮芮一眼，就轉身走出病房。

戴芮芮彷彿這才真正意識到他的存在，她呆呆目送趙旻離開後，焦急地拉住江燦心的手，「燦心，趙旻他……」

「趙旻發現妳在他家昏倒後，立刻就把妳送來醫院，並且通知了我。」江燦心看著她的眼睛，輕嘆一聲，「我知道妳想說什麼，妳發現趙旻騙了妳，他根本就沒有被言嵐方跟戴容儀的靈魂附身，對吧？我第一次見到趙旻的那天，就知道這件事了，當時他便對我坦承他是騙妳的，也讓我知道他接近妳的真正動機，後來我決定跟他一起隱瞞妳，並說服妳同意讓他住進妳家，跟妳一起生活。」

戴芮芮一臉震驚，嘴巴微微張開，喉嚨卻發不出半點聲音。

「趙旻之所以對妳跟言嵐方的事如此清楚，是因為他將妳過去寫的每一本日記全部讀過了，而且他過去跟言嵐方也是熟識的關係。妳說的沒有錯，我也相信容殷是為了保護妳，才會讓妳忘記許多事，包括記錄著妳痛苦回憶的那些日記。」

聽到這裡，戴芮芮也想起了那本藏在趙旻家裡的日記。

「為什麼……趙旻他會有我的日記？他是怎麼拿到的？」

「是姨丈給他的。」江燦心投下震撼彈。

她不敢置信，「我爸？」

「沒錯，姨丈把容儀妳的一切全告訴了趙旻，讓他知悉妳的個性及所有習慣，所以趙旻才可以精準地模仿妳，並且順利騙過妳。趙旻會來到妳的身邊，是姨丈一手安排的，為的就是要在今年的十二月三十一日前，讓一直守護妳的容殷安息離開，讓真正的妳回來，否則往後每年的這個日子，妳都會有生命危險。」

她心中茫然，「這是什麼意思？」

江燦心淚眼婆娑，再度牽起她的手，沒有立刻告訴她答案。

「容儀，妳知道當年我跟姨丈兩人，是如何發現妳被容殷的靈魂附身的嗎？」她吸吸鼻子，一字一頓說：「十年前的跨年夜，容殷跟言嵐方墜樓之後，姨丈接到了容殷打來的電話，要姨丈立刻到學校，把妳帶回家。」

她即刻聽出這段話的詭異之處，當下以為江燦心說錯了。

「妳說姊姊在墜樓之後，打電話給爸爸？」

「沒錯。」江燦心神情嚴肅，「雖然姨丈看到的來電名字是容儀妳，但姨丈非常肯定打給他的是容殷，當時他人在車站，接到電話後立刻趕去學校，請門外的警衛查看。最後，他們發現容殷跟言嵐方雙雙倒在某棟大樓下，也在大樓頂樓找到昏迷不醒的妳，打給姨丈的那隻手機就拿在妳的手上。」

戴芮芮胸口一陣發寒，整個人僵直不動。

「警方證實容殷跟言嵐方是當場死亡，學校的監視器也拍到他們墜樓的畫面，因此可以確定姨丈是在他們墜樓的五分鐘之後，接到容殷的電話，但這分明就是不可能的事。唯一能解釋的說法，就是容殷的靈魂，從她死去的那一刻起，就附在妳的身上，所以她才能用妳的手機打給姨丈。只不過，我跟姨丈並沒有馬上聯想到這種可能，隔天妳從醫院醒來，堅稱自己是戴容殷，不是戴容儀，精神科醫師試圖治療妳，妳就突然癲癇，然後昏厥，醒來之後什麼也不記得，當醫師再試，就會發生一樣的事。姨丈怕妳出事，最後決定不再逼妳，讓妳真的以容殷的身分生活。後來也發生許多難以解釋的事，像是妳說出了只有我跟容殷，或是只有容殷跟姨丈二人知道的事，我們才真正相信，妳是真的被容殷附身。」

隨著江燦心的這番話，戴芮芮也漸漸想起一段遙遠的記憶。

「所以當年我第一次從醫院醒來，是一月一日，而不是一月二日。而妳也騙我說，我的頭髮被妳剪壞了，我爸讓人來幫我剪頭髮，其實是想知道我看見自己的頭髮變短，會不會發現不對勁。」

「對，原來妳記得。」江燦心牽起一抹笑，開始進入重點，「姨丈為了不讓妳察覺到真相，隱瞞所有親戚這件事，帶妳去鄉下生活，替妳改了名。那年的十二月三十一日晚上，姨丈突然打給我，說妳不見了，問我有沒有跟妳聯絡，姨丈找了妳一夜，還報了警，天亮後他接到警方的電話，妳被人發現倒在離家好幾公里的鐵軌旁，身上穿著睡衣，腳下沒有穿鞋，妳似乎徒步走了一整夜，而妳醒來後對這件事毫無印象。」

聞言，戴芮芮心跳加速，立刻猜到了什麼。

「我在夢遊？」

「沒錯，在此之前，妳從來不會這樣，容殷也不會，所以姨丈以為只是偶發狀況，直到隔年你們搬回來，姨丈親眼看見妳在同一天又在睡夢中走出家門，發現妳去了容殷跟言嵐方墜樓的那個大樓頂樓，在那裡動也不動地站著，如果姨丈沒有跟上去，不知道妳會做出什麼事，姨丈也才終於知道，妳第一次夢遊，其實就是想回到那棟大樓。我跟姨丈都認為，企圖這麼做的人是容殷，擔心妳的安危，後來每年的十二月三十一日，我都會過來陪妳一起睡，為的就是阻止妳再跑去學校，到了最近這兩、三年，便換姨丈盯著妳。」

戴芮芮內心複雜不已，萬萬沒想到自己真的會夢遊，心慌意亂道：「燦心，因為一些原因，我曾經跟趙旻睡在同一張床上，結果我睡到一半，突然動手攻擊趙旻，彷彿要殺了他。」

「我知道，妳攻擊趙旻後，隔天趙旻就告知我了。」她毫不意外，「趙旻決定搬進妳家時，就已經料想到，只要把妳逼到絕境，一直守護著妳的容殷，很有可能會傷害他，而趙旻確實料中了。我們都知道，這麼做對容儀妳非常殘酷，也非常危險，可是我們都認為，只有讓妳一步步發現真相，才有機會讓容殷的靈魂真正離開妳，所以我跟姨丈都決定賭賭看，讓趙旻步步引導妳，使妳對自己的記憶產生懷疑，最後想起自己其實是戴容儀。」

停頓一下，江燦心低頭看著兩人相握的手，「之前我和妳說，妳同時喜歡上言嵐方跟趙旻，並不奇怪，那是因為我知道，喜歡言嵐方的，是附在妳身上的容殷，而喜歡趙旻的則是容儀妳；妳發現自己對趙旻的感情，我覺得很好，因為這表示妳有自我意識了。雖然從前妳經歷過許多痛苦，可我還是希望，容儀妳能找回自己，否則，不只容殷永遠無法真正安息，對妳也不公平。」

戴芮芮輕咬下唇，鼻頭發酸，忍住想要哭泣的衝動。

「雖然我現在這麼對妳說，但其實，我跟姨丈原本是打算永遠隱瞞妳，就這樣守護妳一輩子的。」江燦心話聲一哽，淚光閃爍，加重握住戴芮芮的力道，「我們會改變心意，決定讓妳知道真相，是因為……」

突然一道鈴聲響起，打斷江燦心後面的話，她拿起手機一看，愣了一下，旋即把手機螢幕面向胸前，不讓戴芮芮看見來電者名字，「容儀，我出去接一通重要電話，等會兒回來，我讓趙旻繼續跟妳說。」

江燦心匆匆離開後，不久趙旻進來，默默坐在病床旁。

兩人對視片刻，戴芮芮打破沉默，「你為什麼會知道我在你家？」

「妳出門大概半小時後，我收到我朋友的訊息，說昨天在早餐店遇到認識我的一名女子，對方還問了我的一些事。聽到他形容的外貌特徵，我就知道是妳，打電話去妳店裡，店長說妳還沒來，我就猜妳有可能去我家了。」他淡淡解釋。

「原來如此……我以為你是透過家裡的監視錄影才知道的。不過，你家裡真的有安裝監視器嗎？還是這也是你騙我的？」

「這是真的，開始這個計畫時，我就想過妳可能會想看我錄下的影像。如果我說我一直在監視言嵐方跟戴容儀，卻又拿不出影片給妳，豈不是自打嘴巴？就連我假裝跟言嵐方用來對話的筆電，我也有陸續更新一些假證據在裡頭。」

趙旻這一刻的誠實，讓戴芮芮啼笑皆非，她別過頭，語氣清冷，「為了完全騙過我，你連我的筆跡都能模仿得惟妙惟肖，想必是經過一番努力吧，真是煞費苦心了。」

「我知道妳很難原諒我，我也不期望妳能原諒我，但請妳相信，我跟妳的表姊，還有妳父親一樣，是真心希望妳可以擺脫妳姊姊對妳的束縛，變回真正的戴容儀。」

戴芮芮一聽，立刻回頭瞪著他。

「燦心說，你其實認識言嵐方。」

「對。」

「那你知道言嵐方過去對我姊做了什麼事嗎？」

他默然兩秒，坦言：「大概能猜到，但無法肯定。」

戴芮芮握緊拳頭，指甲深深陷進肉裡，口氣激動：「十年前，言嵐方明明有了姊姊，卻還貪心地想得到我，甚至拿我堂哥的事情威脅姊姊，要姊姊同意我跟他在一起。姊姊不願讓我再經歷一次過去的痛苦，決定從言嵐方手中保護我，不惜跟他同歸於盡。」

淚水湧上的這一刻，戴芮芮同時哽咽，「正因為姊姊的靈魂附在我的身上，所以我知道，姊姊對言嵐方是真心的，可他卻這樣傷姊姊的心，還害死了姊姊。既然你能猜到言嵐方對我姊做了什麼，又怎麼能以言嵐方的身分，在姊姊的靈魂面前，說姊姊是他此生唯一喜歡的人？你怎麼可以對我姊姊這麼殘忍？」

面對她憤慨的泣訴，趙旻不吭一聲，過半晌才再次啟口。

「妳記不記得我跟妳說過，我有個朋友的弟弟，在多年前自殺過世了，而我一直很後悔當年沒有認真看待他對我說的話，否則我應該能來得及救他，阻止後面的悲劇發生。我說的那個朋友，他的名字是言蔚庭。」

這個耳熟的名字，讓戴芮芮心中一凜，訝異回頭迎上他的眼睛。

「沒錯，當年我沒能救回的人，就是言嵐方。這段時間，我所告訴妳各種關於言嵐方的記憶，包括他對妳姊姊的感情，全部都是真的，因為那都是我從他本人口中親耳聽見的，所以我知道，真正殺死言嵐方的不是妳姊姊，而是言嵐方他自己；我說過，言嵐方過去一直有輕生的念頭，可他無法自己動手，所以只好藉由別人來結束自己的生命，而戴容殷就是他所選中的人。」

趙旻的此番言論，很快讓戴芮芮想起之前他說過的話。

『言嵐方說，他的體內有一隻怪物。』

『那隻怪物會讓所有愛他的人陷入不幸，所以他想讓那隻怪物消失，卻做不到，而他找到了可以幫他殺掉那隻怪物的人。』

「所以……之前你說跟言嵐方一起打網咖的那個朋友，其實就是趙旻你嗎？言嵐方他親口告訴了你他的秘密？」戴芮芮愕然。

「對，所以我可以保證，事實絕不是妳說的那樣，這次我不會再隱瞞妳，我會將我知道的真相全部告訴妳。」

接著，趙旻開始說起他跟言嵐方的那段過去。

# 第六章〈兄弟〉

那隻怪物是何時誕生在自己的身體裡，言嵐方其實也無法肯定。

但第一次發現那隻怪物的存在，是在他小學六年級的時候。

當時他有一個家境富裕的資優生朋友叫小濱，對方對他非常慷慨，不但經常送他東西，也會帶他去家裡玩，每次有最新的玩具，都會第一個分享給他。

某次的英文考試，言嵐方考卷寫到一半，發現鄰座的小濱動作詭異，接著就從眼角餘光中，發現他在偷翻抽屜的英文課本。

言嵐方一直都知道，小濱的父母對小濱的學業成績非常要求，只要他考試沒拿到一百分，回家就會被處罰，小濱因此承受非常大的壓力，後來開始會在考試時作弊；言嵐方十分同情小濱的遭遇，也不忍看見小濱再被處罰，所以總是裝作沒看見，默默幫他隱瞞。

然而那一次，小濱的作弊行徑被老師發現了，老師走過去拿出他藏在抽屜裡的英文課本，當著全班同學的面質問他，小濱用快出哭出來的表情拚命搖頭否認作弊，接著老師轉而問言嵐方，有沒有看見他作弊。

言嵐方可以發誓，他是真心喜歡小濱這個朋友，也從不介意他靠作弊拿滿分，甚至在被老師問的當下，他腦中想的都是要如何幫小濱度過這次危機。然而他一開口，卻是聽見自己用陌生冰冷的語氣，清清楚楚地大聲說：「有，我看見小濱作弊了！」

當時小濱看著他的木然眼神，言嵐方永遠也忘不了。

隔天，小濱沒有出現在學校，後來就傳出小濱的父母幫小濱辦轉學了。

得知小濱轉學的那個晚上，言嵐方躲在被窩裡不停哭泣，心中充滿對小濱的愧疚，但更多的是驚慌和恐懼。

至今他仍不明白自己為何會那樣對小濱，卻記得在回答老師的那一刻，他的耳邊忽而出現一道迷人的陌生嗓音，叫他要這麼說，言嵐方一瞬間被蠱惑，下一秒就真的那樣說了出口。就像是突然有隻怪物占據他的身體，誘使他說出根本就不是發自內心的可怕話語。

沒有一個同學相信他真的無意傷害小濱，只有哥哥言蔚庭願意信任他，聽到哥哥說，他也有不小心說錯話的時候，言嵐方才振作起來，相信這只是自己一時口誤。

升上國中後，他才發現事情不是他所想得那樣簡單。

他越來越常聽見那個危險的聲音，並且在某些時候又會被牠所控制，造成無可挽回的傷害。

國二時，言嵐方在羽球社團裡認識一名學妹，對方對他展開熱烈追求，不但天天買早餐請他吃，甚至在知道言嵐方因為沒有搶到某位歌手的演唱會門票而失望時，兩天後竟送上一張演唱會門票給他，說是她的親戚臨時不能去看演唱會，免費把票讓給了她。然而學妹的朋友之後偷偷告訴言嵐方，那張門票其實是學妹砸下重金，用比原價貴整整一倍的價錢所買下的黃牛票。

言嵐方明知不能讓學妹繼續這麼做，卻也沒有真的拒絕她。

因為當他得知學妹不惜為他做到這個地步，他的心裡竟出現一股奇妙感受，既不是心動也不是感動，而是一種令他顫慄的興奮感。

學妹為他奉獻越多，那種感覺越是強烈，理智清楚這是錯誤的，身體裡的另一個自己卻開始期待看見學妹為他付出更多。

為了正式拒絕學妹，言嵐方答應她放學一起回家的邀約，兩人經過一座河堤時，學妹再次向他告白，請言嵐方接受她的心意。

那一刻，言嵐方竟又聽見那道熟悉的甜美耳語。

他無法抗拒那個聲音，瞬間忘記原本要說的話，開口答應她：「好啊。」

「真的？」學妹欣喜若狂。

「嗯，如果妳現在從這座河堤跳下去，我就同意跟妳交往。」

學妹以為言嵐方在開玩笑，發現他是認真的，不禁嚇到了，眼裡充滿掙扎。

「妳不是非常喜歡我嗎？那為我這麼做並不算什麼吧？只要妳敢跳下去，我就會開始喜歡妳。」

天真單純的學妹，最後聽信了他的話，也真的這麼做了。

不會游泳的她一躍下河堤，很快就溺水，幾名路過的大人撞見，合力將昏迷的學妹救上來，並且叫救護車，所幸學妹沒有生命危險。

學妹將此事告訴朋友，朋友再一狀告到老師那裡去，言嵐方變成眾矢之的，連父母也無法諒解他，但言蔚庭依舊相信弟弟的為人，還透過學校的輔導機構，請師長幫助弟弟，為他奔波。

不忍哥哥再為他操心，接受幾次輔導後，他騙哥哥已經沒有再聽見驅使他做壞事的那個聲音，讓哥哥高興不已，只有他清楚那隻怪物還繼續蟄伏在自己的身體裡，等待著下一個目標。

同樣的事重複發生，讓言嵐方終於明白，身邊的人對他的愛，就是讓那隻怪物成長的養分。

正因為發現怪物傷害的對象，都是打從心底喜愛他，願意為他無條件付出的人，因此言嵐方肯定，怪物遲早也會對哥哥下手；他明知道這一點，卻又做不到狠心將哥哥推開，因為他就只剩下哥哥，若失去最愛的哥哥，他不知道要如何撐下去，只能祈禱怪物不要傷害哥哥，不要選中哥哥。

往後的言嵐方，沒有一天不為這個自私的決定悔恨不已。

國三那年暑假，言嵐方和哥哥一起去爬山，那隻怪物無預警再次出現。

兩人下山途中天氣驟變，開始颳風下雨，言嵐方走到一半，朝前方的哥哥大喊：「哥，我的帽子被風吹走，飛到樹林裡去了！」

言蔚庭聞言回頭，朝旁邊的樹林望一眼，安慰他：「沒關係啦，帽子飛走就算了，風雨越來越大了，我們得趕快下山，不然很容易發生危險。」

「可是那是我最喜歡的一頂帽子，哥，你可不可以去幫我找回來？」

見弟弟焦急不已，言蔚庭又望一眼看起來陰暗危險的樹林，面露遲疑，「可是……」

「我真的很喜歡那頂帽子，我一定要有那頂帽子。哥，拜託你幫我找回來好嗎？」

拒絕不了弟弟的苦苦哀求，言蔚庭最後走進那片樹林，開始尋找帽子。

十分鐘後，言嵐方聽見哥哥的驚叫聲，接著再也看不見哥哥的身影。

那天晚上，言蔚庭在兩百公尺深的山谷被找到，傷勢嚴重，兩隻腿都摔斷了。

言嵐方口中不見的帽子，後來被發現一直好好地收在他的背包裡。

從此不良於行的打擊，讓言蔚庭變了個人，更無法原諒弟弟的惡意欺騙，在病房裡對弟弟放聲咆哮：「你不是生病，你天生就是個心理變態！」

當晚，言嵐方把自己鎖在房間，準備割腕，但最後他扔下了美工刀，趴在地上崩潰痛哭。

光是那個暑假，他就企圖自殺五次，每次都無法真的下手。

明明狠心傷害那麼多的人，卻沒有半點勇氣傷害自己，這多荒謬？

失去最重要的哥哥後，他只想解脫，讓體內的怪物永遠消失，但他做不到，最後只能與每個人保持他認為安全的距離，不讓那隻怪物再有出現的機會。

直到他遇見戴容殷。

他在高二時跟戴容殷成為同班同學，對她的印象是聰明人緣好，長得漂亮的一個女孩子。

當值日生的那一天，從去年開始就喜歡找他麻煩的某個男同學，不小心把錢包遺忘在自己的課桌上，言嵐方順手把它拿走，放進自己的抽屜裡。

言嵐方這麼做，是料到男同學很快就會回來拿錢包，當男同學發現錢包不見，必然會懷疑晚他一步離開教室的言嵐方，進而跑去搜他的抽屜，然後到處散播他偷錢包的消息。倘若大家知道後，可以自動跟他保持距離，那就再好不過了。

隔天，男同學果然對大家說了言嵐方偷錢包的事，但奇怪的是，男同學只是高度懷疑他，並非真的找到他偷竊的證據。

然而錢包確實已經不在言嵐方的抽屜裡，言嵐方縱然不解，卻也沒繼續多想，只要同學們確實對他有了疑心，他的目的就達成了，不必真的關心那個錢包究竟去了哪裡。

直到那天下午，導師將言嵐方找去，讓男同學跟他的女友為栽贓他偷竊一事向他道歉，他才漸漸猜到是怎麼回事。

問導師是誰舉發了男同學，導師表示對方不欲透露身分，因此沒有告訴他，然而言嵐方仍清楚，除了昨天在教室門口遇到的戴容殷，不會有別人。

無論如何，他都想知道戴容殷這樣替他掩蓋罪行，並且牽連無辜的理由是什麼，於是隔天就請戴容殷放學後留下，向她詢問。

「抱歉，我不懂你的意思。」

戴容殷唇邊的笑，讓言嵐方瞬間渾身顫慄。

體內的怪物出現前所未有的巨大反應，令他一度心跳加速，喉嚨乾涸，興奮得不能自已。

「多虧妳伸出援手，我才能證明自己的清白，很謝謝班長。」

「你怎麼這樣叫我？難道你不曉得我的名字？」

「當然曉得，妳是戴容殷。」言嵐方唇角輕勾，「有沒有什麼方法可以讓我報答妳？」

她沉吟幾秒，告訴他，「那我們就做個朋友吧。」

言嵐方知道，那隻怪物選中了戴容殷。

如果不想哪天也害了她，他就不該跟戴容殷扯上關係，可是很快他就發現做不到。

在戴容殷身邊，他找回了久違的快樂，第一次感受到真心喜歡上一個人的心情。失去哥哥後，戴容殷就是她唯一的救贖。

戴容殷跟他告白的那一天，言嵐方情不自禁抱緊了她。

「你怎麼了？你哭了嗎？」戴容殷意外問他。

「嗯，不小心喜極而泣。」言嵐方唇角勾起，淚流滿面，「因為我真的很喜歡妳。」

在知道戴容殷對妹妹有多珍惜，再知曉她們的故事，言嵐方便確定，戴容殷的身上也有一隻怪物。

他可以肯定戴容殷為了妹妹，殺害了自己的生父和堂哥，並陷害扇扇；為了戴容儀，她可以不顧一切去傷害別人，而且沒有半點罪惡感。

這讓言嵐方在不見天日的黑暗中看見一絲曙光，忍不住流下喜悅和悲傷的淚水。

他喜悅終於有一個人，可以幫他從漫長的惡夢裡解脫，結束只能被怪物控制的人生，同時也為不捨戴容殷而深感悲傷。戴容殷可以神不知鬼不覺殺了生父跟堂哥，必然也能神不知鬼不覺殺了他，並且安然地全身而退，不被任何人發現。

為了從怪物手中救出戴容殷，以及他自己，他只能喚醒戴容殷體內的怪物，讓她的雙手再次染上鮮血。

展開行動前，戴容儀主動先在臉書上丟了私人訊息給他。

他跟戴容儀及江燦心三個人，在速食店給戴容殷驚喜的那一天，言嵐方看著得到妹妹祝福的戴容殷，眼中流下的感動淚水，心裡明白這是最好的時機。

在那之後，他開始威脅戴容殷，並步步相逼，促使戴容殷盡快對他動手。

某日言嵐方回家，與正好從家裡走出來，穿著別校高中制服的男生迎面碰上。看清對方的臉，言嵐方面露驚喜，揚起笑容。

「趙旻哥，你怎麼會在這裡？你穿哥哥學校的制服，莫非你轉學回來了？你是來看哥的嗎？」

趙旻沒有回答，當場賞他兩個火辣辣的巴掌。

言嵐方逆來順受，閉上眼睛，毫無抵抗。

「你哥說若我看到你，就替他揍你兩拳，我用巴掌代替拳頭。這是你欠你哥的，就忍著點吧。」趙旻看他的眼神淡漠，「進去跟你媽說一聲，然後跟我出去。」

趙旻後來帶他來到一間網咖。

趙旻跟言蔚庭是國中同學，亦是好友，過去他們三人經常會一同出遊。趙旻國三下學期時，因為父親調職轉學至別的城市，到了今年十二月才再轉學回來。

兩年前，趙旻收到言蔚庭出事的消息，曾去醫院探望好友，也從好友口中得知言嵐方的所做所為，但他一直沒有機會見到言嵐方。

兩人打線上遊戲的這一刻，言嵐方有點感動，「趙旻哥，謝謝你還願意理我。我哥出事後，我爸媽都已經不太關心我了。」

趙旻直視電腦螢幕，「你到底是怎麼回事？」

「你是指我為什麼要傷害哥哥嗎？哥應該都告訴你了吧？」

「是沒錯，可是我還是不太能理解，也完全想像不出你真的會故意做出那種事，你明明看起來就是個正常人。」

趙旻最後的那句話觸動到言嵐方的心房，他眼眶濕潤，啞聲說：「謝謝，現在只有趙旻哥會這麼對我說了，但可惜，我確實就是我哥說的那樣，是天生的心理變態，醫生也治不好的。」

心想也許明天，自己的生命就會結束在戴容殷的手裡，言嵐方忽然想跟身邊的人多說些話，加上猜到趙旻不會全然相信他，他便毫無顧慮地將那隻怪物的事告訴趙旻。

聽到言嵐方說，他已經找到能讓那隻怪物消失的方法，趙旻已經擰起的眉頭，這下皺得更深，「什麼方法？」

「其實很簡單，就是讓我女友身上的怪物消滅牠，因為我自己無法消滅牠，所以只好用這個辦法了。」

「……這是什麼意思？」

言嵐方將他跟戴容殷認識的經過，以及戴容殷跟戴容儀這對姊妹的事，大致說明一遍後，繼續告訴趙旻，「我身上的怪物，會吞噬掉所有愛我的人；但容殷身上的怪物，則是會吞噬掉傷害她所愛之人的人，所以，由容殷親手殺掉控制我的那頭怪物，再適合不過了。我真的認為，老天是聽到了我的心願，才會讓我遇見容殷。話說回來，剛才一看到趙旻哥，我就立刻想起了容殷。」

「為什麼？」

「容殷幫助我的那天，是九月六日，我記得趙旻哥你的生日也是九月六日，就這麼聯想起來了，這個日子對我而言很重要，因為沒有這一天，我跟容殷也不會認識。」他淺笑盈盈。

「是喔。」趙旻停頓將近五秒鐘，「能讓我看看你女友的照片嗎？」

「好啊。」言嵐方拿出手機，給他看江燦心之前在速食店裡，為他們拍下的合照，「容殷是長頭髮這位，旁邊的就是她妹妹，她們是不是長得很像？」

看著照片裡的那對美麗姊妹，趙旻不久迎上言嵐方的眼睛，眼底情緒難辨。

「你是真心喜歡你女友吧？」

言嵐方噗哧一笑，「當然啊，她是我第一個喜歡上的女生，也是最後一個。」

「那你這樣利用她，不怕她傷心？」

「我知道我對她做了很殘忍的事，可是容殷最在乎的人，永遠是她的妹妹，她遲早會因為妹妹而恨我，不，她應該現在就恨我入骨了，所以等我不在了，她一定很快就會忘記我，所以我不太擔心。」

趙旻沒有反應，不久他手邊的手機有人來電，他很快結束這通電話，不耐煩地嘖了一聲。

「我媽在嘮叨了，叫我立刻回去，我先走了。」趙旻揹上書包站起，「明天再過來玩吧。」

「趙旻哥還想跟我一起來？」他頗意外。

「廢話，我還沒打夠呢，一個人玩很無聊。」

於是隔天放學，他們繼續約在這間網咖見面。

然而趙旻沒有繼續昨天的話題，連提都沒有提，因此言嵐方知道，趙旻果然沒有真的相信他說的話，想必認定他確實變成腦筋不正常的瘋子，對他深感憐憫，才願意再陪伴他。

兩天後，他們就此斷了聯絡。

等趙旻再聽到言嵐方的名字，已經是他死去的消息。

聽完趙旻跟言嵐方的這段過去，戴芮芮心中百感交集，不知該作何反應。

「言嵐方死後，我所聽到的傳聞，幾乎都是他跟戴容儀殉情，讓我覺得很奇怪，照言嵐方那天對我說的話，我認為最後出事的應該是戴容殷，但我一直得不到準確的情報。這件事我耿耿於懷了十年，始終沒辦法忘記，也常常會想，倘若當年我認真對待言嵐方的話，或是讓妳姊姊知道，或許就可以阻止這一場悲劇。」

看著趙旻凝重憂傷的神色，戴芮芮的心情亦沉重無比，同時陷入深深的遲疑，不確定是不是真的能將這個責任怪罪到他身上。

「那你是怎麼和我爸爸接觸上的？燦心說，我爸為了讓姊姊的靈魂離開，安排你來到我的身邊，這點我完全想不明白，你跟我爸怎麼會有關係？他又為什麼會知道你從前認識言嵐方？難道是你主動找上我爸？」

「不，這純粹是巧合。今年九月，我在這間醫院遇到妳爸，意外看見他收在皮夾裡的照片，是他跟妳們姊妹倆從前的合照，我一直沒忘記妳跟妳姊的事，所以我一眼就認出妳們。妳爸得知我過去認識言嵐方，告訴我整件事，我才知道十年前的悲劇，居然一路延續到現在。後來妳爸告訴我，他時日不多，希望我能幫助妳，我立刻就答應了，因為我真心想彌補我過去所犯的錯，更想讓妳爸親眼看見戴容儀妳平安歸來，讓他就此安心。」

「你剛剛說什麼？什麼我爸的時日不多？你這是什麼意思？」戴芮芮表情驚愕。

他闔上眼睛，深吸一口氣，沉聲說：「今年九月，你爸在這裡被醫生宣告罹患肝癌末期，可能撐不過半年。所以他沒有去泰國，而是一直在這間醫院接受治療。我來到妳身邊後，每天都會跟他回報妳的情況。之前妳送急診，我知道瞞不過妳表姊，便把妳爸的事告訴了她，最後妳爸說服她跟我們合作，一起隱瞞妳。」

戴芮芮頓覺五雷轟頂，不敢相信他所說的話。

她想起先前急診那次，江燦心找趙旻私下談話，最後卻是紅著一雙眼睛回來，接著突然匆匆離開。聽了趙旻的解釋，她便恍然大悟，江燦心當時是為了戴世綱而哭，之後也馬上去醫院看他。

就在這時，江燦心回到病房，看見戴芮芮臉上的表情，立刻望趙旻一眼。

「我告訴她了。」趙旻說。

江燦心抿唇，心領神會點下頭，隨即走到戴芮芮身邊，紅著眼眶告訴她：「容儀，剛才的電話，是姨丈打來的，他很擔心妳。如果妳身體還可以，要不要現在去見姨丈？」

「我、我要去，我要去找爸爸！」

戴芮芮話聲哽咽，激動不已，立即讓江燦心跟趙旻帶她前往戴世綱的病房。

# 第七章 〈父女〉

戴世綱今生做過最後悔的事，就是眼睜睜讓心愛的人離開。

因此當那段無疾而終的愛情，重回自己的手上，他清楚自己這次再也不會放手，無論要他付出怎樣的代價，他都願意。

某一天深夜，戴世綱在接到戴容殷的電話後，即刻趕往戀人的家，最後發現十歲的戴容殷站在庭院裡，她渾身被大雨淋得濕透，腳邊躺著一個頭破血流的男人。

戴世綱強作鎮定，他上前抓住一臉失神的女孩，「容殷，怎麼回事？媽媽跟妹妹呢？」

「媽媽……身體不舒服，已經先睡了，容儀也陪媽媽一起睡了。」她眼神空洞，像是個沒有靈魂的娃娃，「他剛才喝醉酒回來，要把容儀送去隔壁的伯伯家，他說容儀會幫忙賺錢給他，那個伯伯每次都用色迷迷的眼神看容儀，所以我知道他一定會對容儀做不好的事，我不讓他進房間把容儀叫醒，抓住他的腳，讓他跌倒後，就拿空酒瓶砸他的頭，一直砸一直砸，最後他就再也不動了……」

戴容殷全身發抖，臉上毫無血色，雨水和淚水交織在一起，「世綱叔叔，我殺了人，我、我殺死一個人了……」

戴世綱深深看著女孩，堅定地說：「不，容殷，妳沒有殺人，我剛才看到了，他還有在呼吸。」

戴世綱脫下身上的外套，蓋住男人的臉，抓起放在牆邊的一支鐵棍，朝他的頭狠狠揮下，微笑告訴女孩：「殺死他的是我，世綱叔叔才是兇手，容殷妳沒有做錯任何事。妳現在回屋裡去清理身體，然後去睡覺，接下來由世綱叔叔處理。今晚發生的事，妳要當作沒有發生過，這是我們永遠的秘密，明白嗎？」

戴容殷淚流滿面望著戴世綱，最後乖巧點頭，一回到屋裡，她就聽見戴世綱動手打了一通電話，之後的事她便不清楚，只知道隔天起，她就再也沒看見那隻怪物，警方也一直沒有來家裡逮捕她和戴世綱，就好像那晚的事真的不曾發生過。

父女倆守著這份秘密，度過一段平靜幸福的日子，七年後的十二月三十一日，深夜十一點五分，戴世綱結束工作走出車站，發現戴容儀打給自己，立刻接起來，聽到的卻是戴容殷的聲音。

「爸爸，請你來學校，把容儀帶回家。」

戴容殷的語調平板輕柔，沒有半點起伏。

「學校？什麼意思？容儀她在學校嗎？」戴世綱不解。

「爸爸，請你保護容儀，不要讓她受傷，不要讓她知道一切。」

「容殷，妳在說什麼？妳現在人在哪裡？」

另一端沉默片刻，「爸爸。」

「怎麼了？容殷？」

「我愛你。」女孩說，「爸爸，我永遠愛你。」

通話被切掉後，電話就再也打不進去，戴世綱升起強烈不祥的預感，立刻搭上計程車趕往學校，到警衛室向警衛通報，兩人十分鐘後在某棟教學大樓外發現兩具冰冷遺體。

女孩的髮型及衣著，讓戴世綱以為是小女兒出事，但看清女孩的面容，他才知道死去的是戴容殷，見她和言嵐方疑似墜樓，戴世綱隨即趕往頂樓，很快發現躺在地上昏迷不醒的戴容儀，她手上拿著的手機，有不久前與戴世綱的通話紀錄。

戴容殷死後，隔天戴容儀也在醫院裡醒過來，然而她卻不斷堅稱自己是戴容殷。

戴世綱讓江燦心來與她溝通，戴容儀還是堅持己見，於是他讓精神科醫師介入治療，沒想到治療到一半，戴容儀突然癲癇，然後就昏厥過去，醒來後也忘了剛才發生什麼事，但再問她一次，她還是會說自己是戴容殷。

除此之外，警方也透過學校的監視器影像，確定戴容殷和言嵐方墜樓的時間，是在晚間十一點整，但戴世綱卻在女兒死去的五分鐘之後接到她的電話。

為了確定小女兒是否所言為真，戴世綱曾私下對她隱晦探問，結果發現，對於他跟戴容殷絕對不想讓戴容儀知道的事，比如她們生父的死亡真相，戴容儀的反應相當陌生，但對只有他跟大女兒兩人才知道的其他回憶，戴容儀幾乎都有印象，那時他才漸漸明白戴容殷最後那句話的意思。

『爸爸，請你保護容儀，不要讓她受傷，不要讓她知道一切。』

為了保護小女兒，戴世綱動用關係封鎖消息，讓外界以為跟言嵐方一起死去的是戴容儀，讓這起事件很快就被掩蓋過去，並準備帶著女兒搬家。

收拾戴容儀的東西時，戴世綱跟江燦心找到了戴容儀的日記，進而發現她過去的痛苦秘密，不忍讓戴容儀想起這一切，戴世綱將她的日記藏起來，帶她到鄉下生活。

除了戴容儀每年會在姊姊死去的那天夢遊，企圖去到她跟言嵐方墜樓的地方，戴容儀就跟普通人一樣，用姊姊的身分平安生活了十年。為了守護女兒的笑容，戴世綱也做下永遠隱瞞她的決定。

直到戴世綱因身體不適到醫院做檢查，被醫師診斷出罹患肝癌末期，他才不得不開始考慮其他辦法，否則以後他不在了，誰能代替他守護戴容儀？

無視醫師好友要他盡快住院的勸告，戴世綱某日從醫院離開前，去了醫院附設的超商買一瓶礦泉水，結帳時一時沒拿穩皮夾，皮夾掉在地上，被在隔壁櫃檯結帳的趙旻撿起，戴世綱向他道謝便離開，趙旻卻追了出來，認真問他是不是戴容殷的父親？

戴世綱凝神打量他，「你認識容殷？」

「不，我認識的是戴容殷以前的男友，言嵐方。我知道這個問題很失禮，但能否請您告訴我，十年前您過世的女兒，是戴容儀嗎？」

戴世綱立即察覺這名年輕人的問話不單純，在他的要求下，趙旻二話不說答應與他深談。兩人聊過後，戴世綱從絕望中看見一絲曙光。

他讓趙旻知道十年前的那晚發生的事，以及戴容儀目前的情況，並說出自己的病情，請求趙旻在他所剩不多的日子裡，想辦法幫助戴容儀，趙旻幾乎沒怎麼考慮就同意了，還提出一個條件，就是戴世綱必須盡快入院接受治療。

在趙旻的提議下，兩人策劃出另一個「附身」計畫，戴世綱讓趙旻讀了戴容儀過去寫的每一本日記，並讓他知曉戴容儀的各種習慣，並且想辦法找出林晟跟瓶子的照片，好讓計畫順利進行。一切準備就緒後，戴世綱假裝出國工作，正式入院接受治療，趙旻也來到戴容儀的身邊，每天將她的情況報告給戴世綱知道。

江燦心從趙旻口中知曉真相的那天，她立刻趕去醫院見戴世綱。

「姨丈，你真的要讓芮芮知道一切？萬一她承受不住怎麼辦？你為什麼要這麼做呢？如果你擔心沒人照顧芮芮，你可以交給我呀。」

「我不能這麼做，這十年來，燦心妳為芮芮做得夠多了，我對妳非常感激。我的時間已經不多，明年妳也要結婚了，身為芮芮的父親，我絕不能讓這件事繼續耽誤妳的人生，否則我無法原諒自己。」

江燦心淚流滿面，「可是，姨丈……」

「燦心，姨丈生病後想了很多，既然無法永遠守護芮芮，我就只剩下這條路可走，這對芮芮確實會相當殘酷，但我對那孩子有信心，有趙旻陪著她，她一定能撐過去。更重要的是，我真的希望容殷的靈魂可以好好安息，不要再受苦，我實在捨不得她為了守護容儀，至今都無法離開，也心疼容儀只能一直以容殷的身分活下去。倘若不能順利送走容殷，看見容儀平安歸來，我無法安心闔上眼睛。」

每一天他都在向上天祈禱，只要這個願望能實現，他願意將所有的罪一肩扛起，承受最嚴厲的懲罰，而上天也真的聽見他最後的祈求。

當江燦心哭著向他報告好消息，之後和趙旻一起將戴芮芮接到他的病房，戴芮芮立刻衝至他身邊，父女倆相擁而泣。

「妳是容儀嗎？」

「對，我是容儀。」

「太好了、太好了……」戴世綱哽咽，激動不已，「對不起，容儀，爸爸讓妳受苦了。」

戴芮芮用力搖頭，「爸你沒做錯什麼，是我對不起你，你跟燦心還有姊姊一直在守護我，一直為我擔心，我卻什麼都不知道，我真的覺得自己好可恥。」

「妳千萬不要這麼說，妳能好好的，就是我們唯一的願望，只要妳平安無事回來，我們就心滿意足了。」戴世綱深深看著她，欣慰微笑，「這一切全是爸爸的主意，妳別怪燦心跟趙旻，因為他們，我才能再和我的小女兒相處，爸爸已經沒有遺憾了。」

聞言，戴芮芮不禁回頭看向身後的兩人，只見他們下一秒不約而同緩緩退出病房，讓她跟父親單獨相處。

「容儀，妳可以感覺到容殷的存在嗎？」

「我……我也不確定，但是姊姊的記憶，還在我的腦海裡。」

「包括不好的記憶嗎？」

她抿緊唇，點點頭。

「只要是可能會讓妳痛苦的記憶，這十年來，容殷全都為妳遮蔽起來了，為何現在會願意讓妳看見這些呢？」戴世綱這麼說時，比起詢問她，更像是在自言自語。

「我不曉得，但是，在我即將想起一切，並感覺姊姊企圖阻止我的時候，我對她說，請她不要再保護我了，之後再睜開眼睛，我就想起了那些被我遺忘掉的回憶。」

「一定是妳對她說的那句話，讓她知道妳已經成長到足以勇敢承擔這一切，妳姊姊才會放心讓妳看見。」戴世綱眼眶濕潤，打從心底這麼相信，「容儀，妳能原諒妳姊姊為了妳，所做的那些事嗎？」

「我沒資格對姊姊說原諒，我對姊姊只有數不盡的愧疚，是我太沒用，才害姊姊的雙手染上鮮血，甚至失去性命。如果沒有我的話，姊姊就不會殺死爸爸跟林晟，是我害死姊姊的。」戴芮芮低頭掩面，溫熱淚水不斷從指縫中流出。

「別這麼說，妳是容殷在這世上最重要的人，更是她的生命。讓妳幸福快樂，就是她活著的意義。就和我一樣，雖然我們沒有血緣關係，但若沒有妳和容殷，我這後半生也沒有任何意義，所以我完全可以體會她的心情，我相信妳姊姊一定跟我一樣，不曾後悔過。」

看著戴世綱的笑顏，戴芮芮忍不住將心裡的話說出口，「爸爸，你知道姊姊……對你的感情嗎？」

「我知道。」

「真的？」

「嗯，即便她沒說，但我都知道。所以直到現在，我還是經常會夢見容殷最後對我說的話。」戴世綱闔上眼睛，眼角微微抽動，「當趙旻告訴我言嵐方的事，我就想過，如果容殷的心裡真的有一隻怪物，也許就是我讓那隻怪物誕生的，我已經不願讓容殷繼續獨自承擔這一切，在剛剛做了一個決定。」

「什麼決定？」

不知為何，戴芮芮心裡湧起不好的預感。

「燦心告訴我妳平安無事，並找回自我後，我就打電話向警方自首，說出當年殺害妳親生父親的真相，雖然或許遲了，但這是我唯一能給容殷的彌補。她所犯下的罪，我會陪她一同承擔。」

看著戴芮芮震驚的神情，戴世綱慈祥一笑，「容儀，不要難過，妳一定要記住，這不是妳的錯。爸爸是真的很高興，最後還能再為妳姊姊做些什麼。」

十分鐘後，兩名警察走進病房。

戴芮芮和江燦心緊緊手牽著手站在門外，不禁流下眼淚。

「容儀，我還想讓妳見一個人，是妳從前認識的人，前陣子我輾轉跟她聯繫上，把這十年來的事告訴了她。」江燦心說。

戴芮芮面露困惑，猜不出她所說的人，「誰？」

江燦心莞爾一笑，用手機播出一通視訊電話，手機螢幕裡不久出現一張女子的臉，戴芮芮很快發現那張面孔有些眼熟。

「容儀！」女子對她發出尖叫，神態激動。

戴芮芮瞠大雙眼，腦中慢慢想起一個人，「小鎂……？妳是小鎂嗎？」

「對，我是小鎂。」女子在鏡頭另一端哭成淚人兒，「真的是妳嗎？我不是在作夢吧？我一直以為容儀妳……妳……嗚嗚……」

見小鎂哽咽地說不下去，戴芮芮也再度淚流滿面，與過去最好的朋友哭成一團。

十二月三十一日，晚上十一點，戴芮芮和趙昃一起來到高中的校門口。

觀察一會兒，兩人遲遲找不到方法進去，校方架設的圍欄比過去還要多，守衛明顯變得森嚴。

「可能是為了防止我又爬到頂樓去吧。」戴芮芮開自己玩笑。

趙旻看她一眼，提議，「那就換個地方吧。」

「嗯。」

兩人後來去學校旁邊的一間超商，這個時間點，附近可以坐下來的地方，也只有這裡了。

趙旻去櫃檯買兩杯熱咖啡，戴芮芮接過一杯，問他：「你不用再勉強自己喝咖啡了吧？」

「我沒勉強，我本來就想喝。」他輕描淡寫，也不知道是不是說真的，「妳睏了嗎？」

「當然睏，我可是戴容儀，十二點以前一定會睡著，如果我等等睡在這裡，並且夢遊的話，你真的可以應付？」

「沒問題，交給我。」趙旻唇角一揚。

戴芮芮放心了，手裡捧著溫暖的咖啡杯，開始隨口閒聊：「現在想想，你之前真的不停在暗示我，像是我的身高，之前我還一直想說我何時長高了五公分，結果這本來就是我原本的身高，真是的。」

趙旻喝著咖啡，笑而不語。

「我問你，你真的是為了幫我爸，不惜跟前女友分手，還辭掉工作？這犧牲會不會太大？你沒有義務做到這樣。」

「是啊，所以妳爸說事後會付給我一千萬，並幫我介紹更好的工作。」

「真的假的？」她瞪大眼。

「當然是假的，這種事怎麼可能？妳爸是有開條件給我，但我拒絕了。我跟他說，如果我之後真的找不到滿意的工作，再請他幫我介紹就好。」趙旻嘆一口氣，「我只是無論如何都想幫你們，彌補我心裡的遺憾，才決定全心投入這個計畫。」

「所以你抱我，也是為了計畫。」

趙旻一凜，過幾秒才說，「不是這樣。」

「沒事，我逗你的，不管你為的是什麼，我現在對你只有感激。對我來說，能夠以戴容儀的身分，陪伴我爸度過餘生，已經是最難能可貴的事了。如果沒有你，我跟爸不會有這一天，謝謝你讓我來得及對我爸盡最後的孝道。」

趙旻沉默下來。

「但說真的，你一開始真的相信我被我姊的靈魂附身嗎？」

「半信半疑，真的來到妳的身邊後，我才開始完全相信。」他坦言。

戴芮芮沉吟半晌，「現在想起來，你會在那個時候遇到我爸，感覺就像是冥冥中註定的一樣。你知道嗎？這兩天我忽然有一種感覺，真正安排你到我身邊的人，也許是言嵐方。」

他目光停在她臉上，「為什麼？」

「我當年的日記上有寫到，言嵐方曾經對我說過，只有我可以拯救姊姊這句話，在知道他對姊姊的真心後，我越想越覺得，言嵐方是真的擔心姊姊，也相信只有我可以阻止姊姊，才決定讓我察覺到姊姊的秘密，讓她別再為了我，繼續鑄下大錯。」

聞言，趙旻再度默然，半晌後沉聲回：「聽妳這麼說，我也開始這麼覺得了。」

「對吧？但現在我不懂的是，我會夢遊回到那棟大樓，理由究竟是什麼？

真是姊姊想回去那裡嗎？雖然我不希望自己今夜會再次夢遊，可是我很想知道這個問題的答案。」

說完，戴芮芮忍不住打了個呵欠，眨眨沉重的眼皮，語氣透出濃濃倦意，「趙旻，喝咖啡沒什麼用，我覺得我要撐不住了。」

「那妳就睡吧，正好外面下大雨了，應該一時半刻不會停，妳就睡一下，我會看著妳的。」他溫柔回應。

戴芮芮趴在桌上，一闔上眼睛，便很快沉沉入睡。

她作了一個夢。

夢見自己站在一座大樓的頂樓上，她的前方不遠處站著一名少女，少女背對她動也不動，像在抬頭仰望打在夜空上的璀璨煙火。

她到頸部的短髮，以及身上的白色連身長裙，讓戴芮芮覺得似曾相識，接著，她看見那名少女轉過頭來，朝她的方向望去。

『妳們若走在一起，就算不看妳們，我只要聽腳步聲，就能馬上認出哪個是妳。』

那名少女的面孔，讓戴芮芮心跳加速，瞬間淚眼模糊。
她開口呼喚那名少女，聲音卻被巨大的煙火聲給掩蓋，無法順利傳去那人耳裡。
戴芮芮睜開眼睛時，耳邊仍持續傳來煙火聲，只是她人已在計程車裡，頭枕在趙旻的大腿上。
「妳醒了？」
趙旻看著她，話聲溫和，「我正要送妳回去，現在凌晨一點，妳沒有夢遊。」
戴芮芮的淚水一顆顆滑落臉龐，心緒激動。
「趙旻，我夢見姊姊了。」
「真的？」
「嗯，我夢到她站在那棟大樓。」她胸口發燙，話聲哽咽，「我感受到姊姊那時候的心情，她會去到那裡，是為了等言嵐方。姊姊清楚自己罪孽深重，因此從一開始就打算跟言嵐方一起走，而就算姊姊故意打扮成我的樣子，言嵐方還是一眼就認出了姊姊，姊姊也在墜樓的前一刻，發現言嵐方騙了她。為了聽到言嵐方的真心話，姊姊才會一直在原地等他。」

趙旻沉默須臾，「那妳覺得妳姊姊已經聽到言嵐方的回答了嗎？」

「我相信姊姊聽到了，因為在夢的最後，我看見姊姊轉過頭來，對我露出很幸福的微笑，就像是準備要跟我道別了。」她緊閉雙眼，不停啜泣，「趙旻，這不是我的幻想吧？姊姊是真的已經得到幸福，不會再擔心我了，對不對？」

「對，一定是。」

趙旻握住她的手，給她肯定的回應。

姊姊，姊姊。

如果可以，戴芮芮多想再這樣呼喚她幾次，儘管萬般不捨，但她知道必須放手讓姊姊走了。

她在心中答應姊姊，會連同姊姊的份，堅強度過往後的人生。

也希望下輩子，她們還能夠再做姊妹，到那時，就換她當姊姊，用生命守護著她。

姊姊，對不起，謝謝妳。

再見。

# 尾聲

二月參加完江燦心的婚禮，戴世綱下個月在醫院裡安詳離世。

告別式結束時，戴芮芮開口向趙旻提出了暫時別見面的要求，趙旻沒有問理由，平靜地答應了她。

到了十二月三十一日，江燦心和丈夫一起來戴芮芮的餐廳吃晚餐，後來她的丈夫帶著包包離席，留江燦心一人在店裡。

「妳老公去哪裡了？」將飯後點心送上桌時，戴芮芮好奇問她。

「我跟他說今天晚上我要陪妳，叫他先回去，他就生氣走了。」

「什麼？」她大驚。

「哈哈哈，開玩笑的啦，我說我想跟妳還有明真店長聊一下再走，他就趁現在去百貨公司拿個東西，等會兒再回來接我。」

「嚇死我了，妳不要鬧啦，我還以為我真的害你們夫妻吵架。」店裡接近打烊時間，已經沒有其他客人，戴芮芮便坐下和她聊天，「雖然妳是開玩笑，但我還是要跟妳說，妳絕對不可以為了我丟下妳老公，我不會再發生讓妳擔心的事了。」

「妳怎麼能保證真的不會？不想讓我在這一天擔心，就想辦法證明給我看。」

「我……我要怎麼證明？」她哭笑不得。

「簡單呀，找個男的陪妳。」

聽見門邊響起鈴鐺聲，江燦心側頭往門邊一望，唇角上揚，「很好，說曹操，曹操就到。」

看見趙旻走進店裡，戴芮芮整個人愣住。

「嗨，影帝，好久不見。」

聽到江燦心這麼叫他，戴芮芮很快明白了什麼，下一秒嘴角失守，趕緊用咳嗽掩蓋笑聲。

趙旻顯然也聽懂她的調侃，走過來坐到兩人面前，語氣無奈：「我擔當不起這個稱呼。」

「別謙虛了，你可以一人分飾兩角，這不是任何人都能做到的。」江燦心大拍了一下他的背，笑得開懷。

「好了啦，燦心，妳別揶揄他了。」戴芮芮趕緊阻止她，「是妳叫趙旻來的？」

「對啊，我跟他說，希望他今天能來接妳下班，他馬上答應了。」

「妳幹嘛這樣？趙旻說不定有自己的事要忙……」

「我今天沒事，加上我自己也很想來，所以就答應了。」對上趙旻深邃的眼睛，戴芮芮不禁語塞。

「芮芮，雖然姨丈走了，但妳可不是一個人喔。」說出這句話，江燦心就拎起包包，嫣然一笑，「我以前答應過容殷，會和她一起守護妳，如果再多一個這樣的人，她會很高興的。妳要好好把握自己的幸福，我現在要去找我老公了，趙旻，我表妹就交給你嘍。」

江燦心離開後，小毅跟晴雯也跑去找店長，讓戴芮芮提早下班。

兩人沒有特別去哪裡，就在第一次談話的咖啡廳坐坐。

「真的好久不見了，我沒想到燦心會聯絡你。」戴芮芮說。

「對啊，如果不是她，我不知道何時才能這樣跟妳見面，所以我很感謝她。」

她輕咬下唇，「抱歉，我爸走了之後，我希望有多一點時間跟空間跟自己相處，好好面對自己，如果你繼續在我身邊，我怕我會忍不住把重心放在你身上，變得更依賴你，我不想加重你的心理負擔，所以真心認為這樣做，對我們彼此都好。」

「我能理解妳會這麼想，所以我同意妳的決定。」他點點頭，「那妳現在還會有這種想法嗎？」

她深深看著他的臉，「我不確定，可是今天再見到你，我是真的很高興。」

「我也是。」趙旻露出一抹輕淺的笑，「這八個月以來，我每天都會想妳的事。現在看著妳，也會覺得和妳的那段過去，彷彿昨日才發生。今天見到妳之後，我只確定一件事，就是從明天開始，我還是想繼續見到妳。」

「這是告白嗎？」

「是。」

戴芮芮眼眶漸漸濕潤。

「可以再問你一個問題嗎？」

「可以。」

「你是否曾經想過，你真正動心的人，是戴容殷，還是戴容儀？」

趙旻靜靜注視著她許久，最後說：「真正讓我動心的人，是戴芮芮，我眼前的人。」

這個答案，讓戴芮芮掀起微笑，嘴角同時嚐到淚水的味道。

這一刻，戴芮芮深深感覺自己是幸福的。

縱然最摯愛的爸爸和姊姊，都已離她而去，但她仍可以從趙旻的身上，繼續感受到他們留給她的愛。

只要這段回憶一直停駐她的心裡，這份愛就永遠不會消失。

就像姊姊對她的守護。

——全文完

# 後記

大家好，我是晨羽，謝謝你們購買《附身》這本小說。

像這樣的題材，多到不勝枚舉，所以在寫這個故事的時候，我其實都在想，讀者們都非常聰明，有些特別敏銳的讀者搞不好看到中間，就猜到真正被附身的人是誰了，不過若還是有讀者為後面的翻轉大吃一驚，我也會很高興。

最初構思這個故事，是以「姊妹」跟「閨蜜」這兩者做選擇，後來問了家人的意見，我們都一致認同用「姊妹」來發展最有衝擊性，因此很快就定案了。不過故事線的設定有些複雜，寫的過程感覺挺燒腦，也卡了好幾次，幸好終究是順利完成了。

以往我都會在後記中問大家喜歡哪一個角色，但這次不知道為什麼，連我都很難說得出自己喜歡哪個角色，可能是因為裡面的主要角色們，心思都太深沉複雜了，所以不會特別喜歡，卻也不會有討厭的心情。若問最讓大家印象深刻的角色是誰，或許會比較適合吧。

讓我印象最深刻的角色，非戴容殷跟言嵐方這一對戀人莫屬了。

若撇開戴容儀的情節不談，我覺得這其實就是兩隻怪物相愛相殺（？）的故事。可能有讀者讀完後，會覺得這對情侶實在太可怕了，但應該也能體會他們的苦衷，至少寫完這個故事後，我對他們的憐憫是特別深的。

那讓大家印象最深的角色及情節是什麼呢？我非常期待你們讀完後來跟我分享。

這次走這樣的題材，氣氛營造自然很重要，如果各位在閱讀的過程中，能夠感受到一絲不安跟緊張感，那我會非常開心的。

感謝讓這部作品順利付梓的所有人，更謝謝支持我的小平凡。

只要有你們，我就會繼續寫下去。

晨羽

國家圖書館出版品預行編目資料

附身／晨羽著. -- 初版. -- 臺北市：平裝本.
2022.08 面；公分(平裝本叢書；第 542 種)
(# 小說；10)

ISBN 978-626-96042-6-5（平裝）

863.57　　111011424

平裝本叢書第 542 種
# 小說

# 附身

作　　者—晨羽
發 行 人—平雲
出版發行—平裝本出版有限公司
台北市敦化北路 120 巷 50 號
電話◎ 02-27168888
郵撥帳號◎ 18999606 號
皇冠出版社（香港）有限公司
香港銅鑼灣道 180 號百樂商業中心
19 字樓 1903 室
電話◎ 2529-1778　傳真◎ 2527-0904
總 編 輯—許婷婷
執行主編—平靜
責任編輯—張懿祥
美術設計—單宇
行銷企劃—鄭雅方
著作完成日期— 2022 年 7 月
初版一刷日期— 2022 年 8 月
初版二刷日期— 2022 年 11 月
法律顧問—王惠光律師

讀者服務傳真專線◎ 02-27150507
電腦編號◎ 571010
ISBN ◎ 978-626-96042-6-5
Printed in Taiwan
本書定價◎新台幣 320 元／港幣 107 元